बातें बेमतलब

बातें बेमतलब

अनुज खरे

MANJUL
मंजुल पब्लिशिंग हाउस

MANJUL

मंजुल पब्लिशिंग हाउस

कॉरपोरेट एवं संपादकीय कार्यालय

द्वितीय तल, उषा प्रीत कॉम्प्लेक्स, 42 मालवीय नगर, भोपाल-462003

विक्रय एवं विपणन कार्यालय

7/32, अंसारी रोड, दरियागंज, नई दिल्ली-110002

वेबसाइट : www.manjulindia.com

वितरण केन्द्र

अहमदाबाद, बेंगलुरू, भोपाल, कोलकाता, चेन्नई,
हैदराबाद, मुम्बई, नई दिल्ली, पुणे

बातें बेमतलब

यह संस्करण 2017 में पहली बार प्रकाशित

ISBN 978-81-8322-642-4

मुद्रण व जिल्दसाज़ी : थॉमसन प्रेस (इंडिया) लिमिटेड

अनुज खरे इस पुस्तक
के लेखक होने की नैतिक ज़िम्मेदारी वहन करते हैं

समर्पण

पत्नी अन्जना को...

शादी भी हमारी दोस्ती का कुछ नहीं बिगाड़ पाई*

*जावेद अख़्तर द्वारा कही गई पंक्ति

अनुक्रम

चंद शब्द उर्फ़ खुद से खुद का साक्षात्कार *9*

1. ...और एक होता है 'लव देहात' 15
2. बुद्धिबम फेंकने वाले आतंकी 17
3. विचारों का मुर्दा, स्पेस का ताबूत 22
4. हम व्यंग्यकार क्यों नहीं बन पाए 25
5. बंदा अमेरिका के लिए ही बना है बंधु! 30
6. और एक साले हम रांझणा 32
7. मायके गई पत्नी को लिखा गया भैरंट लैटर 37
8. लेटेस्ट राष्ट्रीय समस्या 43
9. गांधी के दिखाए पथ पर एक 'महात्मा' 46
10. ये है हमारी देशभक्ति डॉट कॉम 50
11. हे वत्स...! सिग्नल अजर है, अमर है और एंथनी भी है 56
12. लगभग रूटीन के क्रांतिकारी 58
13. यारां दा ठर्रापना 63
14. राजनीति में अब सेवा की गुंजाइश नहीं बची है, भाई साब! 69
15. इस क्षण में कोई बनता है कवि 71
16. बादलों! पकौड़ा पिपासुओं पर तरस खाओ 77
17. कस्बाई कवि सम्मेलन वाया फ़्लैशबैक 80

18. मौन की मौत मारने में माहिर महान मनीषी 91

19. हमारी पहली हवाई यात्रा 93

20. Love Story सुपर फ़ास्ट 98

21. जन डिप्लोमेसी 104

22. इशकवाला लव, ट्रकवाला टैलेंट 107

23. काइयांपन की स्विंग से हारे हमारे भोले पिलियर 113

24. इंटरनेट के सहारे गुज़र रही ज़िन्दगी
जैसे इसे किसी के सहारे की... 116

25. ये बंदे अच्छे हैं... कुछ कच्चे हैं... हौसला रखते हैं... 119

26. बदलाव हो जाते हैं, आप समझ नहीं पाते हैं 122

27. मोबाइल की राह में शहीद हुए हैं उनकी ज़रा... 125

28. वर्चुअल वर्ल्ड के वैरागी 127

29. एक लंबी-सी फ़िल्म समीक्षा 129

30. सत्ता के लाइलाज साइड इफ़ेक्ट्स से कैसे बचेंगे 135

31. भगवान कभी नेता रूप में अवतरित नहीं होने वाले 137

32. सूरमा भोपाली का एक्सक्लूसिव इंटरव्यू 140

33. टेकं लोनं, घृतं पिवेतः 145

34. विकास की मादक योजनाएं 152

35. विचारों की 'असेंबलिंग' से रिसाइकल-बिन में रिश्ते 157

36. उम्मीदें हैं तो आसमां है, आसमां है
तो नेतागिरी भी चलेगा ना... 160

भूमिका

चंद शब्द उर्फ़ ख़ुद से ख़ुद का साक्षात्कार

क्यों लिख डाली क़िताब?

भई, हुआ कुछ यूं था कि मेरे एक दोस्त ने मुझे अपनी 400-500 पेजों की एक क़िताब भयंकर तारीफ़ के साथ पढ़ने के लिए दी थी, पूरी पढ़ने पर उसमें कुछ ख़ास नहीं निकला। बाद में जब मैंने उन्हें इस बाबत उलाहना दिया था, तो वे भयंकर विनम्रता से बोले थे - "हम लिखकर अकेले ही इतना 'आनंद' क्यों प्राप्त करते? सो हमने तुम्हारे साथ अपना 'आनंद' शेयर कर लिया था।" उसी क्षण हमारे लेखक बनने की आवश्यकता प्रतिपादित हो गई थी। क्योंकि मार्केट में काफ़ी खोजबीन करने के पश्चात भी उससे ज़्यादा 'आनंददायक' क़िताब उपलब्ध नहीं हो पा रही थी। अतः ये दायित्व मुझे स्वयं को ही लेना पड़ा, खुद ही क़िताब लिखकर चेन सिस्टम के आधार पर सारे दोस्तों को देकर उन्हें भी बराबर 'एन्जॉय' करवा सकूं।

सो ऐसी महान भावना इस क़िताब की पृष्ठभूमि है, आप तो अनावश्यक ही उन गेहुंओं के बीच घुन बन गए हैं।

चुनिंदा व्यंग्यों के पीछे क्या चक्कर है?

यह किन्हीं लोगों के उकसाव का परिणाम है, ये लोग समस्त मनुष्य जाति से न जाने किस जनम का बदला लेना चाहते थे। मैं तो 'प्रारब्ध' के वशीभूत उनके हाथों में 'खेल' गया और पिछले जन्मों के पाप के कारण

ऐसी हरकत कर गया। अगर आप लोग रचनाएं पढ़ लेते हो, तो मेरे तो पाप कटेंगे और उन लोगों का बदला पूरा होगा, जिससे वे शांति से वैराग्य को प्राप्त हो पाएंगे और आप बैठे बिठाए पुण्य एकाउंट में कुछ सेविंग भी कर लेंगे।

आप अपनी रचनाओं में व्यंग्य की गहराई तथा हास्य की ऊंचाई शिद्दत तक होने का दावा करते हैं?

इन दोनों मुद्दों पर मेरा निवेदन है। मैंने इस संबंध में एक व्यक्ति से उपरोक्त तथ्यों का उल्लेख किया था, जिस पर उसने मेरी पहली व्यंग्य रचना पढ़ते ही कुएं में छलांग लगा दी थी, ताकि रचना में छिपी व्यंग्य की गहराई 'समझ' सके। वह तो ख़ैर समझा या नहीं, यह मैं इसलिए नहीं समझ पाया क्योंकि इस 'कृत्य' के फलस्वरूप मोहल्ले से कंधों पर जाने से बचने के लिए मैं वहां से तभी खिसक लिया था। हास्य की ऊंचाई वाले प्रकरण में कुछ यूं रहा कि जब मैं अपनी रचना का सस्वर पाठ कर रहा था तो पहली मंज़िल पर खड़े एक व्यक्ति ने हंसते-हंसते मुझे बालकनी के पास बुलाया था। रचना में हास्य की ऊंचाई वाला मेरा भ्रम तभी टूटा, जब दो घंटे बाद मैंने खुद को ज़मीन पर और चारों ओर लोगों को खड़े पाया। क्रॉनोलॉजी के हिसाब से जानकारी दी गई कि बालकनी में खड़े हुए महानुभाव अधपगले थे और मेरी रचना के श्रवण से उनके पागलपन के दौरे और बढ़ गए थे। इसी दौरान उन्होंने मुझे पास बुलाकर बख़्शीश के तौर पर ऊपर से ही दो गमले प्रदान कर दिए थे, जिन्हें मैं अपनी रचना के प्रसाद के रूप में ठीक से लपक नहीं पाया था। तदुपरान्त खोपड़े में दो जगह स्थापित हुए टॉवरों से यह प्रकरण लंबे समय तक स्थानीय स्तर पर वॉइस मॉड्यूलेशन के साथ प्रसारित होता रहा। अतः उक्त अनुभव भी 'दर्दीला हास्य-व्यंग्य' बनकर रह गया।

आपकी रचनाओं पर उबाऊ या रसहीन होने का आरोप लगाया जाता है?

बिलकुल ग़लत। मेरी रचनाओं में कहीं उबाऊ या रसहीन विस्तार नहीं है। बल्कि केवल प्रेमिका शृंगार, नायक-नायिका संवाद, नायिका की 'चिंता' में चिंतातुर माता-पिता के अवतरण, विरहिणी नायिका के प्रेमपत्रों आदि-आदि

के महत्त्वपूर्ण विवरणों को छोड़कर कहीं भी इस तरह के आक्षेप नहीं लगाए जा सकते। हालाँकि यहां भी कुछ स्पष्टीकरण आवश्यक हैं। क्योंकि 'रस' यहां हर जगह मौजूद है। अधिकांश जगह नायक-नायिका जूस की दुकान पर ही मिलते हैं, जहां नायिका अपने बीमार पिता के लिए जूस पैक करवाने के लिए आई हुई होती है। इसी तरह प्रेमपत्रों का मामला भी रसमय है क्योंकि इन पत्रों का 'कबूतर' जूस सेंटर का नौकर रामू ही है। हां, कहीं कहानी को आगे बढ़ाने के लिए गढ़े गए पेड़ का फल से, फूल का पत्तियों से संवाद जैसी सहायक बातों में ही ये आक्षेप किसी सीमा तक स्वीकार हो सकते हैं। हालाँकि यहां उबाऊपन वाली बात पर मुझे खुद को आश्चर्य है क्योंकि ये सारे शाश्वत दृश्य तो मैंने निजी हाथों से ऐसी कालजयी रचनाओं से उड़ाए हैं, जिन्हें बेस्ट सेलर का दर्जा हासिल है। अतः यहां खोट उन लेखकों की रचनाओं में काफ़ी पहले से मौजूद रहा होगा, मेरी क्या ग़लती!!

आपकी रचनाएं समाज में किस तरह का आदर्श स्थापित कर रही हैं?

मेरी रचनाएं समाज में एक नए क़िस्म का आदर्श स्थापित कर रही हैं। मेरी रचनाओं के पात्रों के बीच संवाद इतने 'उच्चस्तरीय' हैं कि माता-पिता बच्चों से इन रचनाओं को दूर ही रखने का प्रयास करते हैं। कई स्थानों पर तो पुलिस ट्रेनिंग के पाठ्यक्रमों में इनको लिए जाने की संस्तुति कई 'सब्जेक्ट एक्सपर्ट' लगातार कर रहे हैं। रचनाओं में गालियों के प्रयोग में तो कई स्थानों पर इतनी मौलिकता है कि भाषा विज्ञानी तक इनकी उत्पत्ति के सोर्स तक पहुंच पाने में सफल नहीं हो पाए हैं। इस कारण अनायास ही इन शब्दों को 'क्लासिकल' का दर्जा भी प्रदान किया जाने वाला है। (भाषा विज्ञानियों का इस विषयक कच्चा प्रमाण-पत्र संलग्न है।) इसी तरह बॉलीवुड के कुछ स्थायी विलेनों को इन रचनाओं के निरंतर पठन-पाठन करते भी कई पत्रकारों ने पाया है।

विशेष रूप से अड्डे वालों सीन या लड़की को छेड़ने वाले शॉट्स में तो 'स्पेशल इफ़ेक्ट्स' पैदा करने के लिए कई विलेन इसी 'क्लासिकल' शब्दावली की बारीक़ नक़ल के चुटके यूनिट की नज़र बचाकर पढ़ते भी देखे गए हैं। अतः इस संबंध में भी रचनाओं की तीक्ष्ण-मारकत आदि-आदि के 'आदर्श' स्वतः ही स्पष्ट हैं।

आपकी रचनाओं में दूसरे लेखकों के काफ़ी उदाहरण दिखाई देते हैं?

बिलकुल ग़लत। मेरे पूरे लेखन में पुराने विषयों, लेखकों और उदाहरणों की बहुतायत आपको मिलेगी ही नहीं। अपितु इस संबंध में मेरा निवेदन है कि ऐसा यदि कहीं हुआ भी होगा तो बहुत अनायास ही होगा, अन्यथा मैं तो पूरी की पूरी रचनाएं उड़ाने का हिमायती रहा हूं। मैं इस प्रकरण में पत्रकारिता के सिद्धांतों का घोर अनुरागी हूं, जिसके कारण सावधानी इस बात की बरतता हूं कि माल के स्रोत की गोपनीयता उजागर न होने पाए। इस मामले में पूरी प्रेरणा बॉलीवुड के म्यूज़िक डायरेक्टरों से लेता हूं। बल्कि मुझे तो म्यूज़िक डायरेक्टरों की जोड़ी ज़्यादा पसंद है। कारण ये कि दो लोग ज़्यादा आराम से सावधानी बरतते हुए कई देशों की 'कला' का अध्ययन करते हुए 'इंस्पायर' हो सकते हैं और माल को घोंटकर देसी तड़का लगा सकते हैं। यानी थोड़ा सा परिवहन कौशल लगाकर माल की स्थानीय सप्लाई की जा सकती है।

आपकी रचनाओं में काफ़ी सपाट बयानी होती है?

कौन कहता है! मेरी रचनाओं में सपाट लेखन, दोहराव-उलझाव आदि की भारी कमी है। इस मामले में भी मेरा निवेदन है कि यहां भी ठीक ऊपर वाले प्रश्न का उत्तर बात को स्पष्ट करने में बेहद सहायक होगा, क्योंकि अगर मेरी रचनाओं में कहीं ये बात आ भी रही है तो मुझसे इसका ज़्यादा सरोकार नहीं है। ये उन लेखकों की 'अक्षम्य भूलें' हैं, जिन्होंने अपने लेखन में ऐसी आधारभूत बातों की घोर उपेक्षा की है। मेरा तो यहां इतना कसूर अवश्य है कि नक़ल करते समय या कच्चे माल को घोंटते समय काम के दबाव में इन्हें एक रचना की शक्ल देते समय लापरवाही कर गया हूंगा, अन्यथा तो इस अत्यंत महत्त्वपूर्ण लेखकीय हिस्से में अतिरिक्त सावधानी बरतता हूं। आपको भी उस मास्टर की तरह मेरी इन भूलों को इग्नोर करना चाहिए, जो बच्चे के होमवर्क में उसके पिता द्वारा की गई ग़लतियों के लिए उसे थपाड़े नहीं लगाता।

व्यंग्य लेखन को मिशन-विशन तो नहीं मान लिया है आपने?

सच, यही एक बात है जो दिल से कह रहा हूं। ऊपरी सारी बातें तो आलोचकों के लिए हैं जिन्हें मैं मेरी आलोचना तक करने की तकलीफ़ नहीं

उठाने देना चाहता हूं। खुद ही उनकी तरफ़ से कीचड़ फेंक लेता हूं।

बिलकुल, एक मिशन है जो अंदर की आग को जलाए रखता है। इस बात को ज़्यादा अच्छे तरीक़े से कहने के लिए मुझे प्रसिद्ध कार्टूनिस्ट सुधीर तैलंग के शब्द उधार लेने पड़ेंगे। उन्होंने अपने एक इंटरव्यू में कहा था -

"हमारी फ़िल्मों में विलेन शुरुआत से लेकर अंत तक हीरो और उसके परिवार पर अत्याचार करता रहता है। आख़िरी कुछ मिनटों में वह वक्त आता है जब हीरो विलेन का अंत करने वाला होता है। इस सीन के आने से पहले दर्शकों में भी हीरो की बहन, मां-बाप, दोस्तों आदि पर किए गए अत्याचारों का गुस्सा भर जाता है। अंत में जब हीरो उस विलेन की पिटाई कर रहा होता है तो दर्शक के मन में भी यही भाव आता है कि कुचल कर रख दो साले को..., बड़ा परेशान किया है इसने। विलेन के अंत के बाद दर्शक एक सुकून महसूस करता है। यही हाल सिस्टम से पिटे आम आदमी का होता है। सुबह जब वो अख़बार में घोटाले, अपराध और अन्य नकारात्मक ख़बरों को देखता है तो उसका गुस्सा उबाल पर होता है। ऐसे में एक कार्टूनिस्ट (यहां मैं व्यंग्यकार करना चाहूंगा) का राजनेताओं और सिस्टम पर करारा प्रहार उसे वही सुकून देता है जो विलेन की हीरो द्वारा पिटाई के बाद दर्शकों को मिलता है। व्यंग्यकार सचमुच वे व्यक्ति हैं, जो आम आदमी को हर दिशा में अपने गुस्से को बाहर निकालने का मौक़ा देते हैं। अपने साथ भी कुछ ऐसा ही है इसलिए लिखते रहते हैं बस...!!"

1

...और एक होता है 'लव देहात'

तब इश्क के सिलसिले का बड़ा सैट-सा पैटर्न था। शुरुआत में चार-छह टन काग़ज़ लगते थे। छह सौ ग्राम शब्दों के लिए तीन से चार किलो हिम्मत लगती थी। हिम्मत की मात्रा ज़्यादा इसलिए रखी गई है कि सुताई का 'कांसेप्ट टू-वे' था।

आजकल वाले का तो पता नहीं लेकिन पुराने ज़माने में देहात में किए जाने वाले लव सच में किसी जेहाद से कम नहीं होते थे। भले ही दोनों एक ही जाति के हों। तब इश्क के सिलसिले का बड़ा सैट-सा पैटर्न था। शुरुआत में चार-छह टन काग़ज़ लगते थे। छह सौ ग्राम शब्दों के लिए तीन से चार किलो हिम्मत लगती थी। हिम्मत की मात्रा ज़्यादा इसलिए रखी गई है कि सुताई का 'कांसेप्ट टू-वे' था। यानि उधर से बच भी गए तो घर में पता चल जाने पर पराया माल मानकर मस्त धुलाई की जाती थी। इश्क को पूरी तरह झाड़ देने पर पर्याप्त ज़ोर रहता था।

पूरे शहर में फैले जासूसों के माध्यम से दोनों पक्षों में से किसी न किसी को पता चल ही जाता था कि लाडो या बबलू किन मास्साब के यहां ट्यूशन पढ़ने जा रहे हैं। ट्यूशन का समय और कोड वर्ड्स क्या हैं। घटनास्थल की दूरी कितनी है। आज का 'चैप्टर' क्या है? हरामख़ोर दोस्तों और बहकाने वाली सहेलियों का संख्या बल कितना है। इस कारण संबंधित प्रेम पिपासु को कमांडो क़िस्म का चौकन्नापन और जुझारू व्यक्तित्व लगता था। कमांडो

क़िस्म की फुर्ती इसलिए लगती थी क्योंकि कई बार किसी भी पक्ष का योद्धा 20 मिनट के शॉर्ट नोटिस पर ही घटनास्थल पर उपस्थित हो जाता था। ऐसी भीषण घड़ी में तत्काल निर्णय और उससे भी सपाटे से अमल ही बचाव का एकमात्र ज़रिया होता था। रंगे हाथों पकड़े जाने पर फिर सारी ट्यूशनें घर में ही लगाई जाती थीं। निकटतम दोस्त अधिकतम दूरी तय करके हर उपलब्ध कान को इस दुःखद घटना की सूचना पहुंचाता था।

इश्क का 'द एंड' हो जाता था। लड़की के घर से बाहर वहां जाने की स्थिति में भाई-मां की गार्ड साथ चलती थी। क्या कर डाला...! अर्थात लव लैटर टाइप की गतिविधियों के बारे में भारी पूछताछ चलती थी। इस गोपनीय जांच को उजागर करके नतीजा हमेशा यही निकलता था, "अपनी छोकरी तो गऊ है, सहेलियों ने बिगाड़ दिया।" किसी भी सरकारी जांच कमीशन से तेज़ रिजल्ट लाने वाले इस कमीशन की जांच रिपोर्ट के बारे में छोकरी को छोड़कर हर आदमी को पर्याप्त डिटेल के साथ अवगत कराया जाता था। "लड़की जात है..." की अपील के साथ जांच के परिणामों की गोपनीयता बरक़रार रखने का निवेदन किया जाता था। यही अपील और उम्मीद वह भी आगे वाले से लगाता था। जिसका निष्कर्ष पूरे शहर को जानकारी के रूप में सामने आता था। प्रेम में गिफ़्ट देने में भी कई ख़तरे छुपे होते थे। कई बार जिस स्टोर से वह गिफ़्ट ख़रीदा गया है, वहां का मालिक ही पिताजी का दोस्त या भाई साहब का क्लासमेट निकल आता था। जो उस खुदरा वस्तु के ख़रीदार की पहचान उजागर करने का महान कार्य संपन्न करता था। बता भी जाता था कि परसों फलां के साथ साइकिल पर बैठी दिखी थी। हमने तो बस्ते से पहचान लिया था, संभाल लो...!

आड़े वक्त में जिस सहेली के मत्थे इस गिफ़्ट की ज़िम्मेदारी मढ़ी जाती थी वह घरवालों की हिटलिस्ट में आकर तत्काल ही ब्लैकलिस्ट हो जाती थी। इन मूक बलिदानियों का इतिहास में कहीं उल्लेख नहीं मिलता है। केवल लड़की ही उसे निजी तौर पर इस मामले में 'परमवीर चक्र' से अलंकृत करती थी। इस जेहाद का अंतिम परिणाम लड़की की शादी के रूप में सामने आता था, जिसके क्लाइमेक्स में उसके दहेज़ का सोफ़ासेट बस में चढ़ाते समय बदला लेने की क़समें खाई जाती थीं जो बाद में खुद भी शादी को प्राप्त हो जाने के कारण दिल में ही रह जाती थीं!

2

बुद्धिबम फेंकने वाले आतंकी

विचार की कच्ची मिट्टी को पुराने विचारकों के कथनों का पानी डाल-डालकर गूंथता है। मौक़ा आने पर पैरों से भी कूचता है। पुराने विचार यूं ही रौंदने के लिए होते हैं - जानता है बुद्धिजीवी। कूचो। मलीदा बना दो। कचूमर ही निकाल दो। पुराने नहीं रौंदे जाएंगे तो नए की थोक सप्लाई कैसे होगी।

विचार का भुर्ता बनाए सो बुद्धिजीवी। जो विचार से निकले ज्ञान को सामने वाले पर दे मारे। नहीं ले तो उसे जमकर कोसने में लग जाए। सामने वाला बिदककर भागे तो फिर उसे बिठाके दचक डाले। ज्ञान के नाखूनों से हर मनुष्य का मुंह भंभोड़ दे। एक विचार की दाल न गले तो तो हार न माने, नए विचार का अचार डाल सबको नए सिरे से चटावे। इतना ज्ञानी-ध्यानी। दूसरों का भेजा खा कर अपने चेहरे पर चमक लाने वाला। ऐसा जीव दुनिया में फ़िलहाल बुद्धिजीवी कहलाता है। उपरोक्त अवस्था बड़ी परम होती है। समां इकदम ही मार्मिक एवं बड़ा अत्याचारी क़िस्म का होता है। पिछले जन्मों के कर्मों से कुछ मनुष्य बुद्धिजीवी होते हैं एवं पिछले जन्मों के कर्मों के कारण ही कुछ मनुष्य इन बुद्धिजीवियों को झेलने पर विवश होते हैं। सब अपना-अपना भाग्य है, संसार विविध है। अलखनिरंजन...! अलखनिरंजन...!

विचार की गठान बांधने में बुद्धिजीवी सबसे निष्णात होता है। अब विचार तो किसी भी दिशा से, किसी भी कोने से निकलकर आ सकते हैं।

विचार हाथ में आते ही बुद्धिजीवी काम में जुट जाता है। विचार की कच्ची मिट्टी को पुराने विचारकों के कथोप-कथनों का पानी डाल-डालकर गूंथता है। मौक़ा आने पर पैरों से भी कूचता है। पुराने विचार यूं ही रौंदने के लिए होते हैं - जानता है बुद्धिजीवी। कूचो। मलीदा बना दो। कुछ न हो तो कचूमर ही निकाल दो। ताकि हमारे नए विचार मार्केट में चलन में आ सकें। पुराने रौंदे नहीं जाएंगे तो नए की थोक सप्लाई कैसे होगी। व्यावसायिक गणित दिमाग़ में होता है, पैर इस व्यावसायिकता का पालन करने में जुटते हैं। प्रेरणा लेकर कूच देता है बुद्धिजीवी। फिर गढ़ता है नए विचार। ज़माने में नए चलन के लिए। फ़ैशनपरस्त होता है बुद्धिजीवी। नित नए चलन फेंकता रहता है बाज़ार में।

सुधार हो ना हो नित नए विचार फेंकना ज़रूरी है, जानता है बुद्धिजीवी, फेंकता भी रहता है। समाज भ्रष्टाचार पर उतारू है, तो प्राचीनकालीन नैतिकता और मूल्यहीनता की कॉकटेल से गढ़ देता है - नए बुद्धिबम। फिर हर जगह बरसाता है। भाषण के साथ भावों पर भी पूरा ध्यान रहता है। अनुकूल मुख-मुद्राएं बनाने में प्रवीण होता है बुद्धिजीवी। मूल्यहीनता पर उसकी आंखों में उदासी छाती है। नैतिकता विहीनता के दौरान जेब में रखा पर्स टटोलकर निश्चिंत होकर एक आह-सी निकालता है। ज़माने को ज्ञान देने से पहले पर्स टटोलना ज़रूरी समझता है। मंच पर बैठे दूसरों पर उसे ज़रा भी भरोसा नहीं है। तभी तो इस भाषण की ज़रूरत पड़ी, बुद्धिजीवी को पता है। पर्स टटोलने के साथ तो उसकी इच्छा अंदर के रुपये तक दोबारा गिनने की होती है, लेकिन मंचीय मर्यादा का ख़याल कर विचार त्याग देता है। अन्यथा तो धुक-धुकी सी लगी रहती है। किसी का भी भरोसा नहीं है भइया। आपको पता ही है कि ज़माना ख़राब है!

इसी के साथ उसे दूसरी कई निजी नैतिकताएं भी घेर लेती हैं। आयोजक मानदेय देंगे कि नहीं? दो घंटे से गला फाड़ रहा हूं, लिफ़ाफ़ा तो कहीं दिखाई नहीं दे रहा है। वर्मा जी ने कहा तो था कि देंगे। हो सकता है न दें। आजकल लोगों की नैतिकता का कोई भरोसा नहीं है। किसी का भी माल मारने में कोई संकोच नहीं लगता है। फिर वर्मा का पिछला रिकॉर्ड तो ख़राब है। पंखों की ख़रीद में घपला कर चुका है। बड़ा आयोजक बनाता है, भ्रष्टाचारी कहीं का, टाइप के कुछ विचार भी बह निकलते हैं। तो इस

तरह कई बार बुद्धिजीवी की चिंता लोगों को तारने के स्थान पर मानदेय के मामले में अटक जाती है।

हर विषय पर चिंतित रहना, उसके लिए उपाय सोचना यही तो बुद्धिजीवी का फुल टाइम जॉब है। देश को ज्ञान की पुड़िया थमाने के धंधे में रत हैं भइया। सब तो अपने-अपने में लगे हैं। हमीं ध्यान नहीं देंगे तो गर्त में जाएगा, सब गर्त में। सो चिंताएं विराट हैं बुद्धिजीवी के सामने। समय का अभाव है। एक विचार फेंक नहीं पाता है कि लो पांच और पड़े हैं। इन पर कब काम करेगा। उनका मलीदा बनाकर नई दिशा प्रदान करने का डौल भी तो बिठाना है। फिर विचार ही तो काफ़ी नहीं। उसका छापा जाना, भाषण आदि होना भी तो ज़रूरी है। फिर कई निजी चिंताएं भी तो हैं। तो ऐसे में निजी और सामाजिक चिंताओं के द्वंद्व में भी घिर जाता है। द्वंद्व उसे प्रिय है। दो-चार घंटे तो इसके आसरे निकल ही जाएंगे। फिर शाम तक कोई न कोई आ ही जाएगा। फिर उसका माथा खाएंगे। जब तक विचार से ही माथा-फोड़ी चलती है।

फिर शाम को कोई दिख जाता है तो बांछें खिल जाती हैं। शिकार पर तगड़ी पकड़ रखते हैं बुद्धिजीवी। कुछ तो शारीरिक रूप से भी बलशाली होते हैं। समाज के उत्थान के धंधे में उतरे हैं कहां, कब, कैसी ज़रूरत पड़ जाए। सो, भइया दंड आदि पेल रखे हैं। मुंह से काम न चला तो आड़े बख़्त के लिए हाथ-पांव मज़बूत होना चाहिए। ससुरों को वहीं मंच पर गिरा देंगे या पब्लिक में बिछा देंगे। आजकल साली मुफ़्त की सलाह भी दो तो लोग किच-किच पर उतर आते हैं। बुद्धिजीवी दूर-दृष्टि रखते हैं और चश्मा भी पहनते हैं। पता नहीं किस टाइप की दृष्टि की कब ज़रूरत पड़ जाए।

देश की हर समस्या पर बुद्धिजीवी विचलित हो जाता है। उसका मन खौलने लगता है। हम यहीं बैठे हैं भाषण वे कल के छोकरे दे रहे हैं। हमारी भांति-भांति के विषयों पर बरसों की साधना व्यर्थ गई। लेखक का नाम उड़ाकर क़िताबों-क़िताबों ज्ञान दिमाग़ में भरा था, काम ना आएगा क्या? हतभाग्य! कैसे दिन आ गए हैं बुद्धिजीवी पड़ा है, नए-नकोरे देश की समस्याएं सुलझा रहे हैं। और कहीं सच में सुलझा ना लें, इसका अलग डर है। फिर हमारी प्रखरता तो धरी रह जाएगी। तपस्या निष्फल ही रहेगी क्या? ज्ञान भरा है तो मौक़ा नहीं, मौक़ा मिला तो दूसरे को। हे! ईश्वर न्याय कर। कहीं सारी समस्याएं न सुलझा जाएं फिर हमारे होने का क्या? प्रभु, कोई

चक्कर चला। कोई गुंतारा लगा। कोई मुद्दा हमारे लिए बना। ज्ञान न देंगे तो जी ना पाएंगे। अवसर दिला, प्रभु अवसर दिला। बुद्धिजीवी का एकाकी क्रंदन धरती का सीना फाड़ देता है। पर किसी को पता नहीं चलता। आसमान से बारिश वग़ैरह की संभावना बन जाती है, पर होती नहीं है। कोई बात नहीं, जाने दीजिए।

फिर विषय-मुद्दे को लेकर भी ज़्यादा आग्रह नहीं है उसका। कोई भी चलेगा। कैसा भी चलेगा। काम चला ही लेंगे भइया। न्यौतने वाली संस्था की भी ज़्यादा परवाह नहीं है। अरे, ज़माने के उत्थान में उतरे हैं, छोटा-बड़ा क्या? फूलों की माला की मोटाई से भी ज़्यादा मतलब नहीं। मुद्दा सॉलिड होना चाहिए, तभी ना भाषण पेल पाएंगे। ख़ैर, सॉलिड ना भी हो तो हम काहे के लिए हैं, सॉलिड बना देंगे। तुम बस संस्था को छेंककर ले आओ। उसे बता भर दो हमीं हैं - आसपास के कई कस्बों के एकमात्र बुद्धिजीवी। ऑर्डर पर ज्ञान देने को तत्पर। तुरंत सप्लाई की विशेषता से युक्त। सहज। आप गाड़ी न भेजोगे तो ऑटो में बैठकर आ जाएंगे। ऑटो न होगा तो किसी से भी लिफ़्ट ले के आ जाएंगे। रास्ते में उसका भी भेजा खाते रहेंगे।

सप्ताह में एकाध भाषण हो जाए। दो-एक जगह प्रकाशन हो जाए। एक-दो संगोष्ठियों में जुगाली की व्यवस्था जम जाए। तो भइया उस वीक का हाजमा दुरस्त रहता है। चूरन की ज़रूरत ही नहीं पड़ती। क़ब्ज़ियत से राहत रहती है। हालाँकि क़ब्ज़ियत पर असाधारण ज्ञान रखते हैं बुद्धिजीवी। कई एंगलों से कई घंटों तक बोल सकते हैं। योग से दूर भगाइए क़ब्ज़ियत। व्यायाम से क़ब्ज़ियत पर क़हर ढहाइए। सुबह-सुबह तांबे के लोटे में कुएं का पानी पीजिए। अंगूठे से ठुड्डी रगड़िए। बरगद की जड़ें खाइए। फलां शहर के बालकराम वैद्य जी से दो पुड़िया बंधवा लीजिए। ढिकां शहर के फलांराम से चिरौंजी ले आइए। सुबह-शाम सैर कीजिए। बस के नीचे आ जाइए। ट्रेन से टकरा जाइए। भैंसे को सिर की टक्कर मार दीजिए। वग़ैरह-वग़ैरह। समस्त संसार की क़ब्ज़ियत छुड़ाने के सैकड़ों प्रकार के ज्ञान से युक्त होते हैं बुद्धिजीवी। बस, मौक़ा दो, मुद्दा दो, ज्ञानगंगा में सराबोर करने को बैचेन रहते हैं बुद्धिजीवी।

ज्ञान सबसे बड़ा दान है। इस प्रकार के दान के महत्त्व को दुनिया में केवल बुद्धिजीवी ही जानता है। ज्ञानदान में भयंकर तौर पर लिप्त रहता है। दान दोनों हाथों से करना चाहिए, इस बात का सख़्त क़ायल होता है। वह

दोनों हाथों-पांवों, मुंह-सिर आदि जैसा उससे बन पड़ रहा है, देने में जुटा है। इस अभियान में पात्र-सुपात्र-कुपात्र आदि की परवाह भी नहीं करता है। सबको पर्याप्त मात्रा में, पर्याप्त तौर पर देता ही रहता है। आमने-सामने ले लो तो ठीक वरना, पर्याप्त मात्रा में साथ में बंधवाकर भी रवाना करना नहीं भूलता है, आए हो तो बिना लिए कहां जाओगे बच्चू!

ज्ञानदान के दौरान समाधिस्थ अवस्था में पहुंच जाता है बुद्धिजीवी। चाहो तो इस बीच उससे दो गुर्दे मांग लो मना नहीं करेगा। विश्व कल्याण की इतनी ऊंची ललक होती है बुद्धिजीवी में कि देवता वरदान देने उतर आएं तो वर मांगने की बात तक ना करे-विमर्श पर उतर आए। चार-छह घंटे तक देवता का भी माथा खा ले। जहां सीधे तौर पर उसे नहीं बुलाया जाता है वहां फटे में पर्याप्त मात्रा में अपनी टांग घुसेड़ने में नहीं चूकता है। ज्ञान दान के लिए 24 घंटे उपलब्ध है। जब जी चाहे टेस्ट कर लो। रात में उठा लो। न नहीं करेंगे। निराश नहीं करेंगे। हर जगह मौजूद हैं। कोई समस्या हमारे बिना न सुलझेगी। सुलझने भी ना देंगे। ऐसे ही तो परम अवस्था प्राप्त नहीं होती है। हालाँकि जब कोई बुलाने नहीं आता, सब कन्नी काटने लगते हैं तो ऐसे में ये दीवारों तक से बात करते हैं। गमलों के पौधों को ढंग से उगने का सलीका सिखाते हैं। शून्य में द्वंद्वात्मक विमर्श चलाते हैं। निर्वात से बतकही करते हैं। सोते समय भी विचार मंथन चलाते हैं। सपने में ही कई समस्याएं सुलझा देने का दावा करते हैं। चूंकि समस्याएं विकट हैं, समय कम है-जानता है बुद्धिजीवी। सो वह 24 घंटे, सातों दिन लगा पड़ा रहता है।

बड़ी विकराल कहानी है उसकी।

वैसे मेरे बारे में आपका क्या ख़याल है। पिछले 3-4 पृष्ठों में मैं भी तो विचार के रूमाल से ज्ञान का सूट सिलने में लगा हूं। क्या कहते हैं आप? कहीं ऐसा तो नहीं सोच रहे हैं कि कौन मेरे...मतलब इन बुद्धिजीवियों के मुंह लगे!

3

विचारों का मुर्दा, स्पेस का ताबूत

विचार असमय ही दिवंगत।
क्या अच्छे भले थे एकाएक हार्टअटैक आया।
नहीं रहे। 'स्पेस' की कमी से जाम हो गईं
धमनियां। नीला पड़ गया मुंह।
ठंडा पड़ गया शरीर। कालजयी दिशा में जाता
एक विचार लगे हाथों स्मृति शेष हो गया।

भाई साब! ज़रा एक अच्छा-सा पीस तो भिजवा दीजिए। बस ज़रा शब्द सीमा का ध्यान रखिएगा। स्पेस का तो आपको पता ही है ज़्यादा नहीं है।

स्पेस का झंझट है! हर कहीं।

अख़बारों में, मैगज़ीन में, रिश्तों और ज़िन्दगी में तो ख़ैर है ही, शाश्वत समस्या की तरह।

हालाँकि यहां बात लेखन-विचारों के लिए अख़बारों में उचित स्पेस न मिलने की हो रही है।

अख़बारों में बड़ी फ़िक्स सी ज़गह होती है, अपनी बात कहने के लिए। यानी स्पेस का ताबूत पहले से बना होता है अब विचारों का मुर्दा इसी साइज़ में चाहिए।

न लंबा!

न छोटा!

बिलकुल फ़िट साइज का।

ऐसा न हो तो विचारों की उन्मुक्त उड़ान को स्पेस की कैंची मारकर धड़ाम से ज़मीन पर गिरा दिया जाता है। फिर बेचारा घायल विचार फड़फड़ाता रहता है। कोई ध्यान नहीं देता। घायल विचार किसी का ध्यान खींच पाते हैं भला! पूरी सोसायटी ही इन घायल विचारों के कारण दिशाशून्य सी हो रही है। किसी का घायल विचार-दूसरे किसी के ज़ख़्मी विचार सोच को कोई सटीक दिशा नहीं दे पाते हैं।

कई बार इधर आपने विचार लिया। उसे धीरे-धीरे दिमाग़ की देग में पकाना शुरू ही किया था कि पता चला शब्द सीमा समाप्त।

विचार असमय ही दिवंगत।

क्या अच्छे भले थे-एकाएक हार्टअटैक आया।

नहीं रहे।

'स्पेस' की कमी से जाम हो गईं धमनियां।

नीला पड़ गया मुंह।

ठंडा पड़ गया शरीर।

कालजयी दिशा में जाता एक विचार स्मृति शेष हो गया।

स्पेस का दबाव ही ऐसा है। मितव्ययिता चाहिए सोचने में। विस्तार का तंबू मत तानिए। सीधे अपनी बात कह दीजिए। वरना फिर टांगें छांटनी पड़ेंगी। तब फ़िट हो पाएगा ताबूत में, हो सकता है बाल भी उड़ाना पड़ें। भले ही कटी-फटी शक्ल निकले, विषय भी पहचानने में न आए!

और अलंकार! अनुप्रास! शब्द सामर्थ्य! भाषा सौष्ठव! भाड़ में जाने दीजिए।

टुंडा विचार भी चलेगा!

मिसाल भैंगी हो रही है जनाब।

कोई बात नहीं भैंगी ही चलेगी!

अरे भाई अभी तो माहौल ही नहीं खेंच पाए थे।

मिट्टी डालिए माहौल पर आप तो सीधे-सीधे 'द एंड' पर पहुंच जाइए!

पाठक समझदार हैं, बीच का माहौल खुद ही बना लेंगे। उसके पास भी पढ़ने का स्पेस कम है।

अभी तो पार्क में छोरा-छोरी मिले ही थे। प्यार की पींगें बढ़ा ही रहे थे कि स्पेस के विलेन ने झाड़ियों से लात मार दी। औंधे मुंह गिर पड़े कालजयी रचना के विचार!

सो अब हर तरह का लेखक माहौल नहीं खेंच पा रहा है। जल्दी में सब निपटा देता है।

लेखन में दम नहीं बचा है? सुनने में आ रहा है इन दिनों। क्योंकि विचारों का अधकच्चा फल धम्म से गिरता है - ज़मीन पर। नौसिखुआ सा कोई आलोचक इसी के आधार पर लेखक की सात पुश्तों को कोस डालता है।

उधर, लेखक पर भी स्पेस का दबाव था। विचार कृत्रिम तरीक़े से पकाना पड़ा। अधकच्चा ही मार्केट में चला दिया। रंग-रूप-स्वाद-पुरानी बात नहीं रही जैसी शिकायतें आने लगती हैं।

स्वाद कहां से आएगा!

स्पेस का दबाव झेल रहा विचारों का नवजात अठमासे में ही बाहर आ गया, कई बीमारियां लेकर। रचना के बाप और साख दोनों पर भी अलग ही संकट खड़ा कर गया।

हैं! बहन, जै का भया है?

ऐसी आवाज़ें प्रसूति की कमज़ोरी झेल रहे लेखक का मनोबल और तोड़ देती हैं। फिर लेखक हिम्मत नहीं जुटा पाता है अपना जाया देखने की। दूसरे लेखक का जाया यूं भी कोई लेखक देखता नहीं है।

तो फिर?

वही टुंडा विचार!

सोसायटी में दिशाशून्यता! बौरायापन!

हालाँकि लेखन ही क्यों हर जगह स्पेस में कमी आ रही है। ग्लेशियर पिघल रहे हैं। दायरे सिकुड़ रहे हैं। रिश्ते सिमट से गए हैं। हम-तुम के स्पेस में मां-बाप तक नहीं समा पा रहे हैं। यहीं देख लीजिए अपनी बात कहने का ढंग से माहौल भी नहीं बना पाया कि लीजिए ख़र्च हो गई जगह। स्पेस की कमी की बात भी मुंह की मुंह में रह गई।

हां, उम्मीद के साथ अपनी बात समाप्त करता हूं...

वह दिन कभी तो आएगा, जब हम खाल में रहना और स्पेस में कहना सीख पाएंगे।

शायद आएगा...! आमीन।

4

हम व्यंग्यकार क्यों नहीं बन पाए

पता नहीं पुराने वाले किस मचान पर बैठकर लिखते थे कि उन्हें हर विषय दिख जाता था। हांकने के लिए जाने कौन से लोगों को लगा रखा था, जो वे सारे विषय खदेड़ते हुए मचान के नीचे ले आते थे। फिर वे सीधे गोली चलाते थे, शिकार पर टांग रखकर फ़ोटो खिंचवाते थे।

ऐसा लग रहा है कि हम व्यंग्यकार नहीं बन पाएंगे। सारे विषय पुराने व्यंग्यकारों ने निपटा दिए हैं। हम कहां हाथ आज़माएं। अब, किधर जाएं। जिस किसी भी विषय को उठाता हूं, बग़ल वाला तपाक से बोल देता है, इस पर तो फलां ने बहुत ही बढ़िया लिखा है। फिर रात भर जागना पड़ता है। औंधे मुंह चिंतन करना होता है। मुंह अंधेरे उठने का जतन भी किया जाता है। तब कहीं जाकर कोई विषय हाथ आता है। चार लाइनें लिख नहीं पाता हूं कि लो जी, फिर वही फलां कि तो पूरी क़िताब ही इस विषय पर है। बहुत ही अच्छी लिखी है। अब किसे समझाऊं अरे यार, वे तो लिख गए हमारे लिए तो, जी का जंजाल हो गया ना। कहां से लाऊं विषय, कहीं रेडीमेड मिलते हैं क्या?

ऐसी विकट परिस्थितियों में एक महान व्यंग्यकार खाल से बाहर नहीं निकल पा रहा है। अंदर ही अंदर कुलबुला रहा है। हालत ये हो गई कि दफ़्तर में लिखो, तो बाज़ूवाला, “किसकी है...” वाली निगाहों से देखता है।

घर पर लिखो तो आत्मा तक संदेह की निगाहों को गड़ा देती है। विषय की मौलिकता के संबंध में खुद को ही समझाओ, तो गुर्दे-तिल्ले तक समवेत स्वर में कहां से उड़ाया-कहां से उड़ाया, क़िस्म की ध्वनियां पैदा करने लगते हैं। पता नहीं पुराने वाले किस मचान पर बैठकर लिखते थे कि उन्हें हर विषय दिख जाता था। हांकने के लिए जाने कौन से लोगों को लगा रखा था, जो वे सारे विषय खदेड़ते हुए मचान के नीचे ले आते थे। फिर वे सीधे गोली चलाते थे, शिकार पर टांग रखकर फ़ोटो खिंचवाते थे। शिकार को लादकर वरिष्ठ क़िस्म की अनुभूति के साथ प्रकाशकों के ठिकाने पर रवाना कर देते थे। जहां उन्हें साहित्य की दीवार पर सजा दिया जाता था।

हमारा क्या होगा, हमारे पास न तो लोग हैं, न मचान, हम तो उलझ गए ना। जीवन में कहीं कुछ कर नहीं पा रहे थे, तो सोचा व्यंग्य के क्षेत्र में हाथ आजमाया जाए। एक बार ऐसे ही हालात में बस स्टैंड से गुज़रे तो वहां मौजूद 'गंदगी और अतिक्रमण' को व्यंग्य का विषय बनाने की ठानी। चार लाइनें भी नहीं लिख पाए थे कि खुद विषय ने ही निजी तौर पर मना कर दिया कि हम तो घिस चुके हैं, हमें तो बख़्शो। हालाँकि इसी बीच चार लाइनों ने ही घर में इतनी महक फैला दी कि बड़े भइया चंदन की दो छोटी अगरबत्तियां कमरे में लगा गए। एक तो विशेष रूप से उन्होंने हमारी लिखने वाली टेबल पर ही खोंस दी। बड़े भइया को हम डर के मारे बता ही नहीं पाए कि आजकल तो साहित्य ही वह है जिसमें गंदगी हो और गलीज लिखने में सफल हो पाए तो फिर क्लासिकल की श्रेणी में आने से कोई नहीं रोक सकता है। हालाँकि जब उन्होंने आम पाठक की समझदारीभरी निगाह से हमें देखा तो हमने भी महान रचना का विचार छोड़ दिया।

ख़ैर, इस विषय के न चलने पर हमने शाम की सैर पर जाते समय 'पार्क और पेड़' को व्यंग्य का लेटेस्ट विषय बनाया। पूरे मनोयोग से लिखा। जब व्यंग्य पूरा हुआ तो खुद हमें ही उसके व्यंग्य होने पर शक हुआ। हालाँकि हमारा शक कितना सही था, इसका पता हमें तब चला जब छोटे पप्पू को उसी व्यंग्य पर स्कूल में 'पर्यावरण और मनुष्य' निबंध प्रतियोगिता में तीसरा पुरस्कार मिल गया। शाम को जब पुरस्कार में मिले टिफ़िन बॉक्स के साथ महाशय लौटे तो हमें तत्काल ही व्यंग्य की पौष्टिकता का ठीक-ठाक अहसास हो गया।

दो विषयों के लेखन से प्राप्त अनुभव के आधार पर अब हमने विषय में गहनता की मात्रा को खोजना शुरू कर दिया। ठान लिया कि इस बार किसी ऐसे विषय को रचना का केंद्र बनाएंगे, जो कालजयी हो। काफ़ी खोजबीन के बाद एक विषय हाथ लगा - 'जूठी जलेबियां और भिनकती मक्खियां।' इस विषय में सबसे पहले तो हमें रस की व्यापक संभावना दिख पड़ी। फिर अपने ज्ञान के आधार पर लगा कि मक्खियों पर पिछले किसी भी व्यंग्यकार ने नहीं लिखा होगा। विषय को भरपूर एंगल से समझने के लिए हमने लगातार सात दिन तक हलवाई की दुकान पर और घर लाकर जलेबियां खाईं। इस विषय पर बाद में इसलिए नहीं लिख पाए कि पतले दस्तों के चलते कुछ समय अस्पताल में बिताना पड़ा।

वहां 'एक नर्स-तीन मरीज,' 'टुंडा मरीज-भैंगी नर्स,' 'एक वार्ड और छह पलंग,' 'दवा की शीशी और कम्पाउंडर,' 'आला और डॉक्टर,' 'टिंचर की बोतल और मनुष्य' जैसे विषय दिमाग़ में आने लगे। जिन पर लगा कि शुरुआत के विषय सामाजिक उपन्यासों के लिए ठीक रहेंगे, जबकि बाद के विषय प्राथमिक चिकित्सा की किसी पुस्तिका के लिए उपयुक्त मानते हुए साहित्य की दृष्टि से छोड़ने पड़े। हालाँकि भैंगी नर्स वाला विषय अपनी संवेदनशीलता के कारण खुद मुझे निजी तौर पर हिला गया। एक बारगी तो इस विषय की गहराई से मैं इतना प्रभावित हो उठा कि व्यंग्य क्षेत्र छोड़कर सामाजिक उपन्यासकार बनने के बारे में तक गंभीरता से सोचने लगा था। यह गंभीरता तभी ख़त्म हो पाई थी जब उन भैंगी नर्स के साथ कम्पाउंडर महोदय का परिचय उनके पति के रूप में प्राप्त हुआ था।

इसके मूल में कुछ यूं था कि उन कम्पाउंडर महोदय ने एक दिन पूर्व दीवार में कील ठोकने की स्टाइल में ऐसा इंजेक्शन लगाया था कि यदि उन्हें रोका नहीं जाता तो सुई हाथों के आर-पार हो जाती। उनके ऐसे प्रयासों से लगे हाथों, अस्पताल में कुल तीन मरीज क्यों हैं, का भी रहस्य तत्काल खुल गया था। तीनों मरीजों को ही प्लास्टर चढ़ा था, अन्यथा तो उनके प्रयास अस्पताल को सिर्फ़ इमारत ही रहने देने की दिशा में थे। ऐसे ही जानकारी प्राप्त हुई थी कि कई बार तो वे आधा इंजेक्शन लगाकर मोबाइल से अपने दूसरे पेशेंट को दवाइयां आदि लेने के बारे में समझाने लगते हैं, जिस पर बाक़ी का काम खुद मरीज को ही पूरा करना पड़ता है। एक बार तो वे ऑपरेशन थिएटर में ज़रूरत पड़ने पर एक मरीज की ऑक्सीजन खोल कर

ले गए थे। मरीज ने विरोध किया था, तो उसे अख़बार दे गए थे कि तू पंखा झल, अभी तेरा ऑक्सीजन सिलेंडर वापस लाता हूं। बाद में जब मरीज के परिजनों ने ऐसी लापरवाही पर मरीज को वहां से ले जाने की बात की थी, तो वे ख़बरें पूरी नहीं पढ़ीं हैं, ताज़ा अख़बार था, का तर्क दे-देकर अपना अख़बार वापस दिलाए जाने पर अड़ गए थे।

ख़ैर, इस प्रकरण के बाद हमने एक बार दोपहर को घर लौटते समय 'चिलचिलाती धूप और चरती बकरी' विषय को व्यंग्य की शक्ल देनी चाही, तो बकरी चरती है, दूध देती है, मैं... मैं... करती है, पर ही बकरी संबंधी ज्ञान ख़र्च हो गया। टॉपिक लंबा न खिंच पाने के कारण साहित्य जगत में तहलक़ा मचा पाने लायक़ रचना नहीं बन पाई थी। ऐसे अनुभवों से सबक़ लेकर हमने इस बार तय किया कि ऐसा विषय लेंगे तो काफ़ी लंबा हो। लंबे विषय की दिशा में 'एक पटरी और उसके इर्द-गिर्द का संसार' पर हाथ आजमाया गया। दो पेज लिखने के बाद पाया गया कि पटरियां मुंबई तक जाती हैं। स्टेशनों का विवरण छोड़ भी दिया जाए, तो जब पूरा लिखा जाएगा तो व्यंग्य के स्थान पर यात्रा-वृत्तांत बन जाएगा। अतः दो पेज के बाद इस व्यंग्य को जैसे-तैसे एक जंक्शन पर विराम दिया गया, अन्यथा तो पहले दो पेजों में केवल उकडूं बैठकर पटरियों के आसपास की जाने वाली कुछ क्रियाओं का ही विवरण आ पाया था।

प्रतीकात्मक विषयों की ऐसी असफलताओं को देखकर लगा कि जीवन से वास्तविक विषयों को रचना केंद्र बनाना चाहिए। बाद में 'चाय की गुमटी और कुछ लड़के' के माध्यम से वास्तविक रचना लिखने का प्रयास किया। लड़के जब चाय पीकर बिना पैसे देकर निकल गए, तो करुणा रस की संभावना भी व्यंग्य में दिखाई देने लगी। हालाँकि आगे किसी लड़की के प्रश्न पर आपस में लड़ने एवं मारपीट के फलस्वरूप रचना, व्यंग्य के स्थान पर मारपीट की छोटी सी ख़बर के रूप में बदलकर अख़बार के ही काम आ सकी थी। जिसके संबंध में यह स्पष्ट हुआ कि वास्तविक विषयों के साथ इस तरह के ख़तरे निहित रहेंगे, अस्तु।

इस कारण रचनाओं को इस बार हमने नारीवादी दिशा में घुमाने की कोशिश की... विरह में जलती नायिका को लेकर 'प्रीतम आन मिलो' लिखने का प्रयास किया। लिखने से पहले नायिका की वास्तविक अनुभूति जानने के लिए किसी गर्ल्स कॉलेज के पास चक्कर भी लगाने शुरू किए। एक

विरहिणी क़िस्म की लड़की को दो-चार दिन तक लगातार देखकर लिखी गई शुरुआती लाइनों के बाद रचना ज़्यादा लंबी इसलिए नहीं खिंच पाई थी क्योंकि पांचवें ही दिन कुछ लड़कों ने हमें कॉलेज सामने ही रोककर लपक लिया था। उनकी ओर से विरहिणी का परिचय प्राप्त हुआ, जो महानुभाव हमें चमका रहे हैं उनका, उनसे क्या रिश्ता है, इसका खुलासा मिला। जितने लड़के साथ में दिख रहे हैं, उतने ही पास में भी प्रतीक्षारत हैं, इस अतिरिक्त तथ्य से भी हमें परिचित कराया गया। यह भी बताया गया कि उन्हीं विरहिणी नायिका ने ही हमारा कॉलर पकड़े खड़े महानुभाव को अपना पीछा किए जाने की जानकारी प्रेषित की थी। बड़ी मुश्किल से हम इस वास्तविक विषय से पीछा छुड़ा पाए थे।

कई विषयों की पड़ताल में हाथ झुलसाने के बाद हमें फिर पुराने व्यंग्यकारों पर इसलिए भारी गुस्सा आया था कि खुद तो सारे सुरक्षित विषयों पर क़लम चलाते रहे, सारे रिस्की विषय हमारी पीढ़ी को सौंप गए। हालाँकि विषयों को शिद्दत से ढूंढ़ने के दौरान बिजली विभाग के इंजीनियर टकरा गए थे। आजकल उन्हीं की कृपा से बिजली विभाग में मीटर रीडिंग का काम मिल गया है। शहर में अलग-अलग मोहल्ले हैं। हर मोहल्ले में ढेरों घर हैं। हर घर में एक मीटर है। हर मीटर की अलग कहानी है। हर कहानी को संक्षिप्त में अंकों में लिखा जाना होता है। ज़्यादा-कम रीडिंग के चलते बनने वाले ग़लत बिलों के कारण हर दिन हर कहीं ख़ूब झिकझिक होती है। हाथापाई से लेकर गालियों का आदान-प्रदान होता है। पैसे के आधार पर मामला कम-ज़्यादा में बैठ ही जाता है। महत्त्वपूर्ण बात यह है कि पूरे प्रकरणों के दौरान दनादन मौलिक विषय मिल रहे हैं। प्लॉटों की कोई कमी नहीं है।

अलबत्ता दिनभर मोहल्ले-मोहल्ले घूमकर रीडिंग में 'परोपकार' दिखाने में इतनी व्यस्तता हो गई है कि राइटिंग के लिए ही समय नहीं निकल पा रहा है।

5

बंदा अमेरिका के लिए ही बना है बंधु!

हमारे फ़ोकस में अमेरिका का वीजा और एपल आईफ़ोन था। लिस्ट में आगे गर्लफ्रेंड से पहले मोबाइल का चार्जर और कानों में लगाया जाने वाला इयर प्लग था। इसके आगे दारू की बोतल, सात हज़ार बार पहनी जा चुकी जींस थी। आईपैड की संभावना बनने पर गर्लफ्रेंड को सूची में कुछ और नीचे खिसकाया जा सकता था।

एग्रीकल्चर से डरकर देश फ़िलहाल अमेरिकन कल्चर की तरफ़ बढ़ रहा है। अमेरिकी हो जाने की लहर है और यहां अपुन तो मूलतः अमेरिका के लिए ही बने हैं। यह दिव्य ज्ञान हमें बहुत जल्दी ही हो गया था। जब हम पैदा हुए तो लोगों ने कहा - बिलकुल अमेरिकन टाइप दिख़ता है। वो तो बाद में हम दिनभर धूप में आवारागर्दी के चलते अफ़्रीकियों के ज़्यादा नज़दीक हो गए। हमारे घर के बड़े बुजुर्ग बताते थे कि हमारे रोने के 'एक्सेंट' तक अमेरिकियों की तरह थे।

कुछ बुजुर्गों ने तो हमारी तहज़ीब के बारे में दबी जुबान से बताया था कि नाक अक्सर पेपर नैपकिन अर्थात पड़ोसियों के ताज़े अख़बार से ही पोंछता था। वैसे हम बचपन से ही 'इंडीविजुआलिटी' के इतने बड़े हिमायती थे कि अपने मकान मालिक की तीनों बेटियों से अलग-अलग दोस्ती रखते थे। वह तो तीनों ने जब इकट्ठे मिलकर हमें कूटा तभी यूनिटी की ताक़त समझ में आई। यहां तक कि हमारा सेल्फ़ रिस्पेक्ट भी अमेरिकी झंडे की बनी हुई उस चड्ढी की ही तरह था, जो हिट थी, फ़िट थी लेकिन कभी दिखती नहीं थी।

हर अमेरिकी की तरह हमें भी हथियारों से मुहब्बत और पढ़ाई से नफ़रत थी। हथियार हम अपने सारे मास्टरों पर चलाना चाहते थे। लेकिन 'कट्टे' का मतलब तब हमें बीड़ी का कट्टा समझ में आता था। सिर धुनते थे कि महज़ बीड़ी सुलगाकर किसी को कैसे राख किया जा सकता है। बाद में गुलज़ार साहब ने और ही मतलब समझा दिया कि 'जिगर की आग' से भी बीड़ी सुलगाने का कार्य सम्पन्न किया जा सकता है।

इन्हीं हथियारों के ट्रायल के चक्कर में ज़्यादा ही धुंआ खींच लेने से काली खांसी होते-होते बची। हालाँकि हमने इस काली खांसी वाले हथियार से भी मास्साबों में टीबी फैलाने की कोशिश की। लेकिन हमारी क़िस्मत से उनका जिगरा मज़बूत निकल आया, जबकि हमारे बैक्टीरिया काफ़ी 'वीक' पाए गए। अमेरिकियों जैसे हर मामले में हम भी 'सू' करने के आदी थे। मास्साब जब हमें संटियां लगाते थे तो हम क्लास में खड़े-खड़े ही सू... सू... कर देते थे। नतीजा गीली क्लास पढ़ने लायक़ नहीं रह जाती थी। अमेरिका की तरह हम भी दुनियाभर के फटे में फंसाने के लिए हरदम टांग तैयार रखते थे। बाहर गुंजाइश न मिले तो हम खुद का ही पायजामा फाड़कर फंसा लेते थे। ना अमेरिका की आदत गई ना ही कई पायजामों की 'शहादत' हमारी भी आदत छुटा पाई। यूं तो अमेरिकियों की तरह हम भी लाइफ़ के प्रति बेहद फ़ोकस्ड थे।

हमारे फ़ोकस में अमेरिका का एच-1 वीजा और एपल का आईफ़ोन था। आगे की लिस्ट में गर्लफ्रेंड से पहले मोबाइल का चार्जर और कानों में लगाया जाने वाला इयर प्लग था। इसके आगे दारू की बोतल, सात हज़ार बार पहनी जा चुकी जींस थी। आईपैड की संभावना बनने पर गर्लफ़्रेंड को सूची में कुछ और नीचे खिसकाया जा सकता था। हालाँकि इस लिस्ट में दी गई किसी भी वस्तु की ख़रीद के समय हमें परिवार की बड़ी शिद्दत से याद आती थी।

अमेरिकियों की तरह हम भी फ़ैमिली की ज़रूरत इतनी ही मानते थे कि बच्चा पैदा कर दे, एक धांसू नाम रख दे और कुछ बड़ा करके छोड़ दे। भले ही बाद में बाप और बेटा फ़ैमिली वैल्यूज और रिलेशन की समस्या पर पूरी दुनिया में घूमकर जवाब तलाशें। लेकिन हमें अमेरिकन बनाना है, बन के रहना है, फ़िलहाल जीवन का यही उद्देश्य चल रहा है बंधु...!

6

और एक साले हम रांझणा

जब हमने उन्हें बताया कि साले तुम हमारे दोस्त हो कि दुश्मन, तब उन्होंने शर्माते हुए जानकारी दी थी कि उसकी छोटी बहन को लेकर भगने वाले 'देवतुल्य' व्यक्ति वे ही हैं। वे उसका ऋण उतारना चाहते हैं, और फ़ालतू की सारी चीज़ें ऐसे ही समय ही तो काम आती हैं।

उस दिन उत्ते बजकर, उत्ते मिनट पर हमने रांझणा बनने की ठानी। ठानने की देर थी कि चारों ओर दुंदुभियां बजने लगीं, आकाश मार्ग से पुष्पवर्षा का क्रम शुरू हो गया। नक्षत्र-सितारे तत्काल ही ज़गह बदलने लगे। कहीं किसी घर में किसी कोमलांगी ने धीरे से चेहरे से लट हटाकर "हिश्श..." कहा।

इन पारलौकिक घटनाओं के स्टॉक सीन के बाद देसी क़िस्म का पहली-पहली बार बलियेनुमा बैकग्राउंड सांग विद म्यूज़िक़ ट्रेक शुरू हो गया। कुल मिलाकर, निष्कर्ष यह है कि कोई महान घटना कहीं घट गई। चूंकि हमने रांझणा बनने की ठानी है। किसी खूबसूरत मोहतरमा से टूटकर प्यार करने की प्लानिंग कर डाली है।

अतः घटना में ऑर्डिनरी एलीमेंट तो बचता ही नहीं है। तो प्यार का मामला फ़ाइनल होते ही पिछले जन्मों के पापों के कारण मित्रनुमा सलाहकारों की व्यवस्था सुयोग्य अवसर जान प्रकट होने लगी। बात किसी ऐरे-ग़ैरे की

होती तो कोई और बात थी चूंकि बात हमारी थी सो आसान न थी। मामला चिंतन के स्तर पर पहुंच गया, तत्काल ही मोहल्ले से लेकर कस्बे तक के उपलब्ध ऑप्शनों पर ग़ौर किया जाने लगा। भौगोलिक दूरी-वाहन, पेट्रोल के आर्थिक कारक, बाप-भाई के सामरिक-रणनीतिक आदि पहलुओं के आधार पर सच्चे प्यार की खोज शुरू हो गई।

पहले ऑप्शन अर्थात् कमलाकुमारी पर ग़ौर हुआ। भयंकर विमर्श के बाद पाया गया कि उसकी कंचा शक्ल के आगे मैं एकदम 'लालटेन' सा दिखूंगा। एक ने तो इससे भी आगे बढ़कर शादी के बाद की भी भविष्यवाणी कर डाली - साले! ये हमारे उसके आगे फूलगोभी की सब्ज़ी में भटे से लगेंगे। जब उसे साइकिल पर बिठाकर कहीं छोड़ने जाएंगे तो लगेगा कि "ड्राइवर मैमसाब को कहीं छोड़ने ले जा रहा है।"

अर्थात् बिना हमारी च्वाइस जाने उसे विकल्प को ख़ारिज कर दिया गया। हमने कुछ कहने की कोशिश की तो जवाब मिला, "अबे हम करवाएंगे, हम तुम्हारा प्यार-सबसे धांसू लड़की से तुम्हारा टांका जोड़ेंगे, तुम तो छिपकली के जैसे मुंह बंद करके दीवार से चिपटे बैठे रहो।"

मित्र मंडली के बहुमत के आगे हम कह ही नहीं पाए कि सालो! हमने ठानी है हमारी ही नहीं सुन रहे हो। उल्टे उन लोगों ने हमारी चौकीदारी के लिए एक-एक की ड्यूटी लगा दी कि कहीं हम कोई नादानी न कर बैठें। हालाँकि बताया तो ये गया कि ऐसी हालत में न जाने कब क्या हो जाए तो एक साथ रहेगा तो हालत संभली रहेगी। जबकि हमारी इच्छा तो ये हो रही थी कि एक-एक को टांग से बांधकर साइकिल से तीन-तीन किलोमीटर तक घसीट दूं, फिर इन मोटे-तगड़े दोस्तों और मरियल-सी अपनी साइकिल को देखकर हमने इस ख़याल को आते ही दबोचकर मार दिया। चेहरे पर आइडिया के आने से आई चमक को देखकर एक ने तो कह भी दिया, "देखो कैसी मुस्की मार रहा है, हम ई की चिंता में किलपे जा रहे हैं, जै सारो गुरुघंटालई है।"

हालाँकि दूसरे ऑप्शन के रूप में फिर मीराबेन का नाम प्रस्तावित हुआ, जो भयंकर चीख़-पुकार, छीछालेदर, देख लूंगा नुमा धमकियों, कॉलर पर हाथ डालूं नुमा कुछ प्रयासों के बीच वीरगति को प्राप्त हुआ।

प्रस्ताव पर अंतिम टिप्पणी के रूप में घुटा-घुटा सा सुना गया कि 'बेन' से शादी करके उसका 'भाई' बनेगा क्या? इसी बीच दूसरा ज़ोरदार

तर्क भी मार्केट में आ गिरा कि मीराबेन पहले ही से आज़ाद भाई से कुछ याराना क़िस्म के 'समझौते' से अनुबंधित हैं, और चूंकि आज़ाद गुंडई प्रवृति के आवारा किस्म की वृत्ति के 'भाई' हैं, अतः इस ऑप्शन में कुछ ठुकाई पिटाई के विकल्प उपस्थित हैं। जिनके संबंध में अंततः सहमति बनी कि यदि इन विकल्पों को हल करने का प्रयास किया जाना है तो वह सिर्फ़ मुझे ही करना होगा। मित्रवृंद उस को-ऑपरेटिव आयोजन में सहभागी नहीं बन पाएगा। अस्तु, उस प्रस्ताव पर राष्ट्रपति का जेबी वीटो मानकर चर्चा न करने की सहमति बन गई।

इसके पश्चात अगले नाम के रूप में पुलिस लाइन वाले मित्र ने विमलाबाई का नाम आगे रखा। इस पर 'भितरघात-विश्वासघात-धोखेबाज़ी' जैसे कई संकेतों के मध्य प्रस्ताव के विश्लेषण के स्थान पर सीधे परिणाम सामने आया। जो कुछ यूं था, कि पूर्व में प्रस्तावक का प्रस्ताव 'उन्होंने' स्वीकार न कर किसी अन्य से पींगें बढ़ा ली थीं, जिसके परिणाम स्वरूप वे हमें बीच में डालकर मामला 'त्रिकोणीय' बनाना चाहते थे।

अन्य मित्रों द्वारा उनकी अत्यंत भर्त्सना की गई जिसे उन्होंने बेहद उदासीन भाव से पीक के साथ नाली में उगल दिया। मुंह पोंछ कर वे फिर प्रस्ताव मंडल में 'ब्लैकलिस्ट' होने की अनुभूति से परे ठसकर शामिल हो गए।

मामला अब गंभीर विमर्श के स्तर पर पहुंचने लगा था। पहले जो मित्र दबी-दबी सी आवाज़ें निकाल रहे थे वे अब बड़े दायित्व के अंतर्गत आसंदी पर उचक-उचककर बैठने लगे, आवाज़ों में भी ग़ज़ब की गहराई और मोटाई भरने लगे। अब चूंकि मामला था हमारा और हमने पहली बार ठानी थी सो, उनका दायित्व काफ़ी बढ़ गया था। जिसके अनुरूप ही वे गंभीर विकल्पों लाने वाले थे।

मुंह को टेढ़ा-मेढ़ा सा बनाकर उन्होंने एक मिनट में चंपादेवी का नाम प्रस्तावित किया, फिर अगले तीन मिनट में वे उनकी निजी विशेषताएं, पांच मिनट तक उसकी आज़ाद ख़याली के किस्से, सात मिनट तक उसकी पारिवारिक स्थिति तथा घर के चारों ओर उपस्थित स्थैतिक विवरणों पर गए। इन संपूर्ण क्रियाकलापों के बाद वे इस बात पर आए कि यह जोड़ी भली-भांति उपयुक्त, पारिस्थितिक आधार पर लफड़ारहित, सामरिक आधार पर निष्कंटक, स्वभावगत आधार पर एक दूजे के लिए नुमा और प्यार करने

के लिए सर्वथा प्रस्तुतमान दृष्टव्य है। अतः देर न की। जाकर इसे सांसदों का वेतन बढ़ाने वाला प्रस्ताव मानकर तत्काल ध्वनि मत से स्वीकार कर लिया जाए, बल्कि सामूहिक रूप से हमारी ओर बधाई प्रस्ताव भी पारित कर खिसका दिया जाए।

इससे पहले की प्रस्ताव पर ध्वनि मत जैसा कुछ शुरू होता, ताक-झांक के एक्सपर्ट और दूसरों के घरों में लव लैटर फेंकने के लिए की जाने वाली कमांडो क़िस्म की कार्रवाई के विशेषज्ञ एक मित्र ने एकल सांसद पार्टी तरह विरोध में मुंह खोल दिया कि उस लड़की को तो उन्होंने कल्लू किरानेवाले को सौदे की लिस्ट के साथ लव लैटर देते देखा है। फिर वो लड़की रोज़ ही वहां से गोली-गट्टा, इमलियां-चने ना जाने क्या-क्या उठाकर खाती है। एक दिन तो कल्लू की नज़र बचाकर उसके गल्ले में हाथ भी मार रही थी।

उसके ख़याल तो इतने खुले हैं कि स्कूल के बस्ते तक में चाक-डस्टर, दूसरों की पेंसिल, मैडम का नाक पुंछा रूमाल तक भरकर ले आती है। तुम्हारी नज़र बचाकर कभी किसी दूसरे के घर में कूद गई तो कहीं के नहीं रहोगे। ख़ैर, इतने विकराल विवरण के बाद इस पर कहीं से सहमति के हाथ न उठ सके।

फिर इन्हीं कमांडो क़िस्म के मित्र ने हमारा चुसे आम सा चेहरा देखकर एक नाम बिना आसंदी की सहमति के उछाल दिया। "रानो कैसी रहेगी? कुछ पगली सी है लेकिन उसके दिल में सबके लिए प्यार है। अभी परसों ही घर का पूरा खाना उठाकर बाहर कुत्तों को डाल आई थी। इतनी ईमानदार है कि गली से गुज़रने वाले हर आदमी को जितना तेज़ पत्थर मारती है अपने बाप पर भी उसी रफ़्तार फेंकती है। बल्कि गालियां भी चुन-चुनकर देती है। एक बार तो उनके ऊपर कुल्ला तक कर चुकी है। भोली तो इतनी है एक का दुःख देखकर उसके साथ भागने तक को तैयार हो गई थी।"

फिर क्या हुआ पूछे जाने पर बताया गया कि बाद में वह लड़का बेवफ़ा निकला और उनके घर आने-जाने के क्रम में छोटी बहन को लेकर फ़रार हो गया था, बेचारी ये तो आज भी उसके साथ भगने को तैयार है। जब हमने उन्हें बताया कि साले! तुम हमारे दोस्त हो कि दुश्मन, तब उन्होंने शर्माते हुए जानकारी दी थी कि उसकी छोटी बहन को लेकर भगने वाले 'देवतुल्य' व्यक्ति वे ही हैं। वे उसका ऋण उतारना चाहते हैं, और फ़ालतू की सारी चीज़ें ऐसे ही समय ही तो काम आती हैं। उन्होंने बताया – "तुम तो पुराने सामान टाइप

के तो पड़े हो। इसमें तुम्हारा भी भला है।" और तो और उनका मानना था कि रानो तक मुझसे प्यार करके मुझ पर एहसान ही करती।

जब ऐसी सारी मंत्रणा के बाद मैंने जमकर प्रतिवाद जताया कि सालो! सारे टूटे-फूटे, जंग खाए पुराने सामान को मुझे ही चैंपा जा रहा है, तब मंत्रणा की कार्यप्रणाली में परिवर्तन दिखा। एक उपसमिति का भी तत्काल गठन हो गया। फिर एक बार चीख़-पुकार, दावे-प्रतिदावे, घूरने आदि का ज़ोर गर्म हो गया।

सारा प्रकरण चल ही रहा था कि नीचे से हमारे मकान मालिक ने पूरे सीन में एंट्री की और मुझे कोने में ले जाकर बताया कि भइया, एक-दो दिन में कहीं ओर कमरा खोज लो, वहीं ये मजमा जमाओ, भले ही इस महीने का किराया मत देना, लेकिन एक-दो दिन में निकल लेना। जब उक्त आशय की घोषणा मैंने मंत्रणा समिति में की तो वहां का माहौल बदल गया। प्यार के ऑप्शन तलाशने की चिंता किराए का कमरा तलाशने में बदल गई।

दो दिन पश्चात जो अंतिम मीटिंग हुई उसमें बताया गया कि अभी तुम्हारे लिए मकान नहीं मिला है, जब मिल जाएगा तब कमेटी दोबारा ऑप्शनों पर ग़ौर करेगी, तब तक तुम्हारे प्यार करने को ठानने का प्रण लंबित अवस्था में ही रहेगा, समझे। सो, अब मैं उनके रहमो-करम पर हूं। कमरा मिलेगा तो फिर वहां मजमा जमेगा, फिर खोज शुरू होगी।

मेरा क्या मैं तो उस क्षण को कोस रहा हूं जिसमें मैंने रांझणा बनने की ठानी थी और एक मकान यानी एक अदद किराए के कमरे तक से बेदख़ल हो गया।

7

मायके गई पत्नी को लिखा गया भैरंट लैटर

हां, ड्रॉइंगरूम की हालत कोमा में आ गए जैसी है।
सोफ़े निराशा के गर्त में डूब चुके हैं।
गद्दियां औंधे मुंह पड़ी हैं। सेंटर टेबल धूल के पर्त के नीचे
दबकर पुरातात्विक महत्त्व की हो चुकी है।
गुलदस्तों के फूल की गर्दन लज्जा से झुक चुकी है।
पूरी दोपहर टीवी ख़ाली-ख़ाली सूनी आंखों से निहारता रहता है।
प्राइम टाइम में तो उसकी आंखों से चिंगारियां निकलती हैं।

प्रिय पत्नी जी,

सादर प्रणाम।

सादर प्रणाम इसलिए कि आपकी दिशा में किए गए मेरे सारे काम सादर एवं साष्टांग अवस्था में ही होते हैं। उपरोक्त तथ्य आपको पता ही है, लेकिन मेरे लिए आश्चर्य दूसरों के लिए सत्य कि यह तथ्य सबको पता है। आगे समाचार यह कि तुम्हारे बिना घर सूना-सूना सा लग रहा है। कुछ जलनख़ोर इसे खिजा में बहार आ गई बताते हैं (हालाँकि खिजा का मतलब क्या है मुझे नहीं पता, लेकिन गुरु शब्द तो वाक़ई ज़ोरदार है।) कुछ शुभचिंतक इस मरघट में शांति आ गई बताते हैं। दोनों ही उदाहरणों के माध्यम से मुझे लोगों के चरित्र और शिक्षा-दीक्षा के लेवल का पता चल रहा है। लोग गिरे हुए हैं एक पत्नी वियोगी को इस तरह की समझाइश दे रहे हैं। हालाँकि लोगों को कसूर नहीं है देश की शिक्षा व्यवस्था की कमज़ोरी

के कारण ही लोग इस विशिष्ट परिस्थिति के लिए कोई ख़ास शब्द या उदासीनतामूलक वाक्य नहीं रच पाए हैं। लेकिन हर खामी के लिए देश को ज़िम्मेदार ठहराना या देश ही ज़िम्मेदार होता है, क़िस्म के वाक्य ज़रूर खूब रच लिए गए हैं। पूरा देश किसी भी तरह की समस्या आने पर बेखटके इन वाक्यों के प्रयोग पर पूरी तरह एकमत है। तो ज़ाहिरा तौर पर लोग इस संदर्भ में गिरे हुए माने जाएंगे।

और प्रिये एक्सक्यूज़ मी! यहा शिक्षा-दीक्षा के तरन्नुम मे दीक्षा का जिक्र फ़िज़ूल में ही आ गया है। मेरा उससे कोई लेना-देना नहीं है। जैसा कि तुम आज तक नहीं मानती हो। उससे मेरा कोई संबंध नहीं है। उसकी कजरारी आंखें बड़ी-बड़ी ज़रूर थीं लेकिन मैं उनमें नहीं डूबा। उसकी मुस्कान बड़ी कंटीली ज़रूर थी लेकिन मैं उससे घायल नहीं हुआ। उसकी नाक बड़ी सुंदर ज़रूर थी लेकिन उसके साथ रासरंग रचाकर अपनी नाक नहीं कटवाई है। उसके हाथ कमल के फूल जैसे ज़रूर थे लेकिन मैं उन्हें थामने के लिए कीचड़ में नहीं उतरा। उसके पैर बड़े खूबसूरत थे लेकिन मैंने कभी "इन्हें ज़मीन पर मत रखिए मैले हो जाएंगे" टाइप के डायलॉग नहीं बोले। हालाँकि मुझे याद है जिस दिन उसकी शादी हुई थी तुम कितनी खुश थीं, उस दिन तुमने हलवा-पूरी के साथ खीर भी बनाई थी। कितना आग्रह करके तुमने सब खिलाया था। कितना स्वादिष्ट था उस दिन का खाना, वाह! कितनी क़रारी थीं पूरियां अहा! कितना धांसू अंदाज़ था तुम्हारे परोसने का उफ्फ़! कितना दुःखी सीन था दीक्षा के विदा के समय का, ओह!

ख़ैर, मुद्दे पर लौटें। जब से तुम गई हो रसोई का बुरा हाल है। बर्तन उदास हैं। मसालेदानी चीत्कार कर रही है। जिस मूंग की दाल को तुमने मुझे बिना नागा खिलाया था उसका डिब्बा अब उपेक्षित सा महसूस कर रहा है। जिस काली मिर्च के गुण बता-बताकर उसे हर चीज़ में डालती थीं उसका वह तीखापन जाता रहा है। मिक्सी अपनी स्थिति को लेकर कन्फ़्यूजन में है। जिन बाइयों के चेहरे घर में घुसते समय कुम्हला जाते थे उनमें नई चमक और अतिरिक्त रौनक़ दिखाई दे रही है। उनका डर जाता रहा है। घी के डिब्बे का स्तर रोज़ घट रहा है, तो सब्ज़ियां आ रही हैं, जा कहां रही हैं पता नहीं चल रहा है। कल ही जिस मूली को आधा खाकर मैंने रखा था आज पत्तियों के रूप में केवल उसके अवशेष मिले हैं। परसों ही जेब में रखी चिल्लर ग़ायब हो चुकी है। हालाँकि खुशी इस बात की है कि रुपए सुरक्षित

हैं। जा चिल्लर ही रही है। कोई दुष्ट नोटों को छोड़ चिल्लर पर ही नज़र गड़ाए है। और हां, अचार कहीं तुम्हारे वियोग में अपने ही बचे-खुचे तेल में डूबकर आत्महत्या न कर ले। आ जाओ प्रिये, उनकी फफूंदी दूर करो, उनका वर्तमान संवारो, उन्हें भविष्य का नया जीवन दो।

आगे सब ठीक है, लेकिन दूसरों की बुराई को सुनने का तुम्हारा धैर्य और नियमित रूप से उसके लिए समय निकालने की लगन के चलते आस-पड़ोस की तुम्हारी सहेलियां तुम्हारी कमी हरदम महसूस कर रही हैं। उनकी आवाज़ में अपनी सास की बुराई करने के लिए वांछित स्तर की ऊष्मा और ऊर्जा दोनों ही पैदा नहीं हो पा रही है। उनकी उदासी मुझसे देखी नहीं जाती है। मेरी मजबूरी है अन्यथा मैं उनके पास खड़ा होकर तुम्हारी जगह भरने की कोशिश करता। तुम तो जानती ही हो किसी का भी दुःख मुझसे देखा नहीं जाता है। फिर मामला तो पास-पड़ोस का है। (पड़ोसिनें तो प्राचीनकाल से ही खूबसूरत रहती चली आ रही हैं।) तो ऐसे में मैं... मतलब हम ही उनके काम नहीं आएंगे तो कौन आएगा। सोचो। विचार करो। मेरे नहीं तो कम से कम अपनी पड़ोस की सहेलियों के दुःख को तो समझो। लौटो प्रिये, अविलंब लौटो।

वैसे तुम्हें चिंता करने की ज़रूरत नहीं है, बाक़ी सब ठीक है। हां, ड्रॉइंगरूम की हालत कोमा में आ गए जैसी है। सोफ़े निराशा के गर्त में डूब चुके हैं। उनकी गद्दियां औंधे मुंह पड़ी हैं। सेंटर टेबल धूल के पर्त के नीचे दबकर पुरातात्विक महत्त्व की हो चुकी है। गुलदस्तों में जो फूल अंतिम बार खोंसे गए थे वे अब किसी का सामना नहीं कर पा रहे हैं, उनकी गर्दन लज्जा से झुक चुकी है। पूरी दोपहर टीवी ख़ाली-ख़ाली सूनी आंखों से निहारता रहता है। प्राइम टाइम में तो उसकी आंखों से चिंगारियां निकलती हैं। तुम जिन सीरियलों को देखकर निजी तौर पर उनकी टीआरपी बढ़ाने का ठेका लिए हुए थीं उनकी हालत ख़राब हो चुकी है। 'बालिका वधू' से लेकर 'विदाई' तक सभी जगह सासें प्रभावशाली हो चुकी हैं। बहुओं की हालत पतली है। सासें बड़े जोशो-खरोश से बहुओं पर अत्याचार कर रही हैं। पहले तुम्हारी उपस्थिति मात्र से उनकी इतनी हिम्मत नहीं पड़ती थी। छोटे पर्दे की बहुओं के लिए तुम्हारा घर बैठे-बैठे इतना संबल और नैतिक समर्थन काफ़ी था। टीवी पर आने वाले पुराने फ़्रिज, वाशिंग मशीन के विज्ञापन किसी को भी अपील नहीं कर पा रहे हैं। शायद कंपनी वाले भी जान गए हैं इसलिए

नए विज्ञापन दे भी नहीं रहे हैं। पत्नी मायके में हो तो नए विज्ञापन देने से कोई फ़ायदा नहीं, कंपनी वाले जानते हैं। कंपनी वाले बड़े चालाक होते हैं, भई लेकिन इन दिनों तुम्हारे जाने से कुछ मुश्किल में चल रहे हैं। और हां इसी बीच कुछ नए सीरियल भी आ चुके हैं। उनकी भी बहुएं तुम्हारे भरोसे ही हैं। उधर, एकता कपूर भी तुम्हारे आसरे ही बैठी है। चैनलवाले भी तुम्हारी ही राह ताक रहे हैं। पूरी विज्ञापन इंडस्ट्री भी तुमसे उम्मीद लगाए बैठी है। मुंह न मोड़ो, अपनी ज़िम्मेदारी समझो। आ जाओ प्रिये! जल्दी आ जाओ। छोटे पर्दे के अपने निजी संसार को बचाने के लिए जल्दी आ जाओ।

और आगे क्या लिखूं? तुम मेरे खाने-पीने की चिंता मत करो। जबसे पता चला है मेरे दोस्त रोज़ शाम को हमारे घर आ जाते हैं। उन्हें मेरे खाने-पीने का पूरा ख़याल है। रोज़ खाने-पीने का सामान बाहर से ही ले आते हैं। लेकिन एक बात है कि मैं उन्हें ख़ाली बोतलें अपने घर में नहीं छोड़ने देता। नॉनवेज़ के लिए तुमने मना किया था इसलिए मैं अपने घर के बर्तन नहीं देता हूं, बेचारों को अपने ही घरों से इसके लिए बर्तन लाने पड़ते हैं। ताश खेलने के लिए बेचारे कह-कह कर थक गए लेकिन जुआ के लिए जब से तुमने अपने सिर की क़सम देकर मना किया है, मैं नहीं खेलता केवल ज़रूरत पड़ने पर दोस्तों को उधार ही देता हूं। वे इतने भोले हैं कि इस बात का बुरा नहीं मानते। बेचारे मेरा दुःख देखकर देर रात तक रुकते हैं, बहुत ज़ोर देने या घर से पत्नियों के फ़ोन आने पर ही जाते हैं। वे तो रविवार या सरकारी छुट्टी में दिन में भी आ जाते हैं। वे भी मेरे दुःख में बहुत दुःखी हैं। जो सबसे ज़्यादा रुपए हारा है, रोज़ तुम्हारे आने की तारीख़ पूछता है। कल ही मुझे बता रहा था कि यार, तेरा घर मेरे लिए बड़ा लकी है। पिछली बार भी शुरू में मुझे बड़ी जमकर दच्च लगी थी। बाद के चार दिनों में सब बराबर हो गया था। इस बार भी भाभीजी छह दिन और न आएं तो वह पिछली वसूली कर प्रॉफ़िट में आ जाएगा। हालाँकि मैं इस बार उससे यह कह पाने की स्थिति में नहीं हूं कि इस बार तू दच्च ही खाएगा या प्रॉफ़िट में आ पाएगा। बताओ प्रिये, उसे किस दिशा की तरफ़ इशारा करूं।

ऐसे ही अब तुम्हें क्या सुनाऊं, हमारे बैडरूम की दीवारों पर तुम्हारे ख़ौफ़ के कारण डरते-डरते डोलने वाली छिपकलियों की हिम्मत और हिमाकत इन दिनों कुछ ज़्यादा ही बढ़ गई है। दो दिन पहले ही एक छिपकली आधा मकोड़ा खाकर मेरे लिखने वाली टेबल पर छोड़ गई थी, आज वापस

आई थी। मकोड़ा टेबल पर न देखकर मुझे आंखें दिखा रही थी। पहले उसकी क्या मज़ाल थी कि ऐसा करे। मकड़ियों ने भी पहले हमारे कमरे के कोने-आतरों में शहर से बाहर फेंक दिए गए झुग्गीवासियों की तरह छोटे-छोटे घरघूले बनाए थे, आज उन्होंने पूरे कमरे में बड़े-बड़े प्लॉट हथिया लिए हैं। एनआरआई क़िस्म के लक्ज़री बंगलों का निर्माण कर लिया है। आस-पड़ोस के कमरों से रिश्तेदारों को बुलाकर पूरे कमरे में अवैध कॉलोनियां काट डाली हैं। यहां तक कि हमारे बिस्तर तक से उन्होंने अपनी कॉलोनियों में जाने के लिए सड़कों का निर्माण कर लिया है। आ जाओ प्रिये, नगरनिगम के अतिक्रमणहारी दस्ते की तरह आकर इन बेरसूखदार छिपकलियों और मकड़ियों को उनकी औकात दिखाओ। अन्यथा ऐसा न हो कि इनके मुंह में बड़े कॉलोनाइज़रों वाला स्वाद लग जाए और हम एक अदद कमरे तक से विस्थापित हो जाएं।

अंत में कुल मिलाकर समाचार यह है कि इन दिनों हमारे पूरे गृहप्रदेश पर संकट छाया हुआ है। हर आंतरिक मोर्चा एक समस्या खड़ी कर रहा है। बच्चे मनमानी पर उतर आए हैं। चावल-दाल के डिब्बे अपने सूखे और अकाल की स्थिति पर लगातार बाइयों के माध्यम से ज्ञापन भेज रहे हैं। केंद्रीय मदद का पैसा ग़लत हाथों में न चला जाए। महालेखा परीक्षक की तरह आ जाओ प्रिये, आकर इस भ्रष्टाचार से निपटने में भिड़ जाओ। न आओ तो कम से कम आने की तारीख़ तो बताओ ताकि तब तक इस अराजकता का ही आनंद लिया जा सके।

पुनःश्च - बुरा मत मानना, लेकिन रोज़-रोज़ मुझे बहाने बनाना अच्छा नहीं लगता है इसलिए इतना तो ज़रूर लिखना कि दोस्त को क्या बताना है उसे दच्च लगेगी या बंदा प्रॉफ़िट में रहेगा।

सादर,
तुम्हारा
सेवकराम सत्यपति

लौटती डाक से आया जवाब प्रथम पैराग्राफ़ तक ही अक्षरशः -

कल सुबह पहुंच रही हूं। स्टेशन आ जाना। पिछली बार की तरह ज़्यादा इंतज़ार न करना पड़े। आने से पहले दूध उबालकर फ़्रिज में रख देना

नहीं तो बिल्ली मुंह मार देगी। स्टेशन के रास्ते में सब्ज़ी मंडी पड़ती है वहां से रविवार वाली लिस्ट देखकर सब्ज़ी ख़रीद लेना। जल्दबाज़ी में फिर सड़ी सब्ज़ियां मत उठा लाना। जाते समय कपड़े प्रेस को दिए थे तुमने तो उठाए नहीं होंगे। आज ही उठा लेना। जाते समय पापड़ छत पर डाले थे..., बगीचे में पानी भी नहीं दिया होगा, पौधे सूख गए होंगे..., तुमसे कोई काम ढंग से नहीं होता, चार दिन भी पीछे से नहीं संभाल सकते... दोस्तों के साथ ऐश चल रही है। ग़ैरज़िम्मेदारी कब जाएगी तुम्हारी? इतनी उमर हो गई है, कुछ तो सीखो... वग़ैरह-वग़ैरह।

पत्नी का लौटती डाक मिले जवाब के बाद अब फिर से मेरी बात :

बड़ी हंसी आ रही है न आपको। बड़ा मज़ा आ रहा है न पत्र पढ़ने में...? पढ़िए-पढ़िए। कल आपकी भी शादी होगी न, आपकी बीवी भी मायके जाएगी न। तब देखूंगा आप क्या लिख लेते हो। लिख तो फिर भी लोगे गुरु, लेकिन हमारे जैसी अच्छी सब्ज़ी ख़रीदने की तमीज कहां से लाओगे।

8

लेटेस्ट राष्ट्रीय समस्या

घणी खूबसूरत लड़की की फ़ोटो देखते ही खटाक से
उसे फ्रेंड रिक्वेस्ट भेज दी जाती है।
आंखों के शटर खोले उसके जवाब के इंतज़ार में बैठ जाते हैं।
बीच में 40 बार चेक किया जाता है।
इसी बीच लड़की की फ्रेंड लिस्ट में 40 लड़के जुड़ चुके होते हैं।
बस, वह एक अदद हमें लाइक नहीं कर रही होती है।

तीन दिन हो गए, तीन बार फ्रेंड रिक्वेस्ट भेज चुका हूं। ये लड़कियां अपने आपको समझती क्या हैं!

राष्ट्र के सामने मुंह बाए खड़ी सबसे लेटेस्ट समस्या यही है। फ्रेंड रिक्वेस्ट भेजी थी, पलटकर जवाब नहीं आया। राष्ट्र का युवा तन-मन से फ़ेसबुक पर दता पड़ा है। रिक्वेस्ट पर रिक्वेस्ट भेजे जा रहा है। पलटकर जवाब नीं आ रिया है। अलार्मिंग सिचुएशन है। वेकअप कॉल टाइप कुछ हो रहा है। मैं तो कह रहा हूं वेकअप सिड भी रो रिया है। घणी खूबसूरत लड़की की फ़ोटो देखते ही खटाक से उसे फ्रेंड रिक्वेस्ट भेज दी जाती है। आंखों के शटर खोले उसके जवाब के इंतज़ार में बैठ जाते हैं। बीच में 40 बार चेक किया जाता है। इसी बीच लड़की की फ्रेंड लिस्ट में 40 लड़के जुड़ चुके होते हैं। बस, वह एक अदद हमें लाइक नहीं कर रही होती है। बड़ी विकट स्थिति है। युवाओं के जीवन से सीधे वास्ता रखने वाली। विकट इसीलिए क्योंकि युवा दिनभर फ़ेसबुक पर ही तो बुक हैं। कई बार जवाब आ भी जाता है तो तकनीक भावनाओं से खिलवाड़ कर जाती है। आदमी के पास

कोई आसान ज़रिया नहीं है अपनी उस मित्र के बारे में जानने का... अर्थात् मान लो किसी ने रिक्वेस्ट का जवाब दे भी दिया तो अब ये कैसे पता करें कि जिसने जवाब दिया है वो सच में लड़की ही है...

एक चैटिंग देखिए :

"कैसी हैं आप?"

"बढ़िया... आप...?"

"बिंदास...! ब्ल्यू जींस-व्हाइट टॉप में तो आप कमाल लगती हैं।"

"थैंक्स, आप भी ग्रीन शर्ट में बहुत जमते हैं..."

"और बताइए..."

"लगता है आपने मेरे एलबम की सारी फ़ोटोज़ देख डाली हैं..."

"हां...?"

"काफ़ी फ़ास्ट हैं आप..."

"अरे हां, आपके एलबम में पिंक कलर की ड्रेस पहने जो लड़की है वो..."

"कौन...?"

"वही जो पिंक ड्रेस पर यलो कलर का दुपट्टा डाले...!!!"

"वही जो ग्रीन बैंगल्स पहने है... वो आपकी..."

"अच्छा... वो, वह तो लाइक माई सिस जैसी..."

"सिस जैसी है तो कॉलेज में उसके पीछे क्यों..."

"कुत्ते! फ़ेक प्रोफ़ाइल बनाकर मज़े लेता है... मैं तो तुझे पहले ही ताड़ गया था साले राहुल!"

"सुनिए तो।"

"अबे क्या सुनिए, साले मुझे सब पता है। तू उस ग्रीन बैंगल्स का पीछा करना छोड़ दे, नहीं तो कमीने..."

फ़टाक...

यही है तकनीक का इमोशन के साथ भारी पैमाने पर खिलवाड़। दिल टूट रहे हैं। बन रहीं गर्ल फ्रेंड्स छोड़कर जा रही हैं।

ढेरों समस्याएं हैं युवाओं के सामने..., गैजेट घनचक्कर बनाए दे रहे हैं।

अब एक और समस्या तो बाकियों से भी ज़्यादा बड़ी है। काफ़ी हद तक वास्तविक है। इतनी वास्तविक कि आपको भी इमोशनल कर दे। आपके भी आंसू निकाल दे। छिछोरे लड़कों की फ्रेंड लिस्ट में लड़कियां भरी हैं। उनके एक-एक स्टेटस पर 20-20 लड़कियों ने कमेंट्स मार रखे हैं।

हाय-हाय नहीं करेगा बंदा? छाती पर सांप नहीं लोटेगा उसकी, इतनी नाइंसाफ़ी देखकर... सारी कंचा लड़कियां ग़लत हाथों में, हमारी सिधाई का कोई मोल नहीं... छिछोरों में क्या ख़ास है, हममें क्या कमी... ग़ौर से देखिए, युवा पीढ़ी रुआंसी हो रही है, देश के नेताओं को ख़बर नहीं...!

गुरु, इस देश का क्या होगा?

जहां का नेता देश की वास्तविक समस्याओं के अलावा अपने देश के कर्णधारों की भी मुश्किलों से अनजान है। उस देश का गुरु सच में क्या होगा?

ख़ैर, आप तो टेंशन मत लो इस पोस्ट को कहीं शेयर करो या फिर लाइक करो और किसी को फ्रेंड रिक्वेस्ट भेज कर आज का दिन शुरू कर दो भाईजी।

9

गांधी के दिखाए पथ पर एक 'महात्मा'

गांधीजी के बारे में लिख-लिखकर अंग्रेज़ी को रगेद दिया। मास्टर के बाप में दम नहीं होता था कि अंग्रेज़ी में फ़ेल कर सकें। बरसों तक निबंध एक ही कलेवर में, एक ही तेवर में, एक ही स्टाइल में लिखते रहे। अनुभवी मास्साब निबंध देखते ही कॉपी पर पास होने लायक़ नंबर चढ़ा देते। ऐसा जलजला आया कि अंग्रेज़ी तक इस निबंध के आगे हाथ जोड़कर खड़ी हो गई!

एक नेता थे!

बचपन से ही लाभ-हानि, जरा-मरण, यश-अपयश आदि की मुकम्मल दिव्य दृष्टि से संपन्न।

एक समस्या थी!

अंग्रेज़ी में उनका हाथ तंग था। बड़ा परेशान रहते थे बेचारे। बचपन में उनकी परीक्षाओं में एक परचा आता था। अंग्रेज़ी का। उनकी रूह कांपती थी इससे। पास होने के लाले थे। एक बार उन्हें एक पुराने स्वतंत्रता संग्राम सेनानी ने गांधी जी के कामों के बारे में बताया। अंग्रेज़ों के कैसे छक्के छुड़ाए उसकी जानकारी दी। कैसे व्यवस्था बदल असंभव को संभव कर दिखाया। आंखें फैल गई नेताजी की। विचार में पड़ गए। ससुरे अंग्रेज़ और अंग्रेज़ी में क्या अंतर। सो नेताजी ने अंग्रेज़ी के ख़िलाफ़ गांधीजी पर भरोसा करने की ठानी ली। किसी से गांधीजी पर निबंध लिखवाया।

"महात्मा गांधी वॉज द ग्रेटमैन ऑफ़ इंडिया, ही वॉज द ग्रेटेस्ट लीडर ऑफ़ द वर्ल्ड, ही वॉज बॉर्न ऑन 1869 एट पोरबंदर स्टेट ऑफ़ गुजरात, ही वेंट टू इंग्लैंड फ़ॉर बिकेम ए लॉ..."

घर में, मैदान में चिल्ला-चिल्ला कर रटने लगे। परचे में बस अंग्रेज़ी निबंध का सवाल हल करने लगे। न्यूनतम अंक आने लगे। गांधीजी के जीवन और कर्म के बारे में लिख-लिखकर अंग्रेज़ी को रगेद दिया। छक्के छुड़ा दिए। मास्टर के बाप में दम नहीं होता था कि अंग्रेज़ी में फ़ेल कर सकें। बरसों तक निबंध एक ही कलेवर में, एक ही तेवर में, एक ही स्टाइल में लिखते रहे। अनुभवी मास्साब निबंध देखते ही कॉपी पर पास होने लायक़ नंबर चढ़ा देते। ऐसा जलजला आया कि अंग्रेज़ी तक इस निबंध के आगे हाथ जोड़कर खड़ी हो गई!

मास्साबों ने भी हाथ जोड़ लिए!!

पूरी शिक्षा व्यवस्था ही दंडवत हो गई!!!

भइया कछु ग्रामर और सीख लेते?

थोड़ा अनसीन पैसेज भी दिमाग़ में भर लेते?

कुछ Vocabulary (शब्दावली) भी जान लो।

थोड़ी अंग्रेज़ी जान लोगे तो मर न जाओगे।

नेताजी ने सब अनुरोधों को लात मार दी। सब अनुनय ठुकरा दिए। अंग्रेज़ी के ख़िलाफ़ हिन्दी पट्टी की लड़ाई पर उसी ग्राउंड में भाषण देने की भी प्रैक्टिस करने लगे।

"भाइयो...,

जब तक स्कूलों में टाटपट्टी रहेगी, अंग्रेज़ी के ख़िलाफ़ हिन्दी पट्टी की लड़ाई जारी रहेगी। किसी माई के लाल में दम नहीं है कि हमें परास्त कर सके। अंग्रेज़ों का नास हो! अंग्रेज़ी रसातल में जाए! गांधी बब्बा की जय! कोर्स में अंग्रेज़ी का निबंध रखने वाला अमर रहे!"

हमारे देश में हर भाषण देने वाले के पीछे लोग जुटने लगते हैं, तमाशबीन टाइप सो यहां भी जुटने लगे। समर्थकों की संख्या भी बढ़ाने लगी। निबंध के चक्कर में गांधीजी के बारे में मालूमात हो गई। सिद्धांतों के बारे में पता चल गया। रटाई आगे बड़ी मददग़ार साबित होने लगी। पढ़ा हुआ

कभी बेकार नहीं जाता। बस उपयोग में लाने का हुनर आना चाहिए। रटाई उपयोग में आ गई।

बड़े हुए तो राजनीति को करियर बनाया!

बचपन से ही नेता थे। बनाना ही था। दिव्य दृष्टि थी। दिव्य मेमोरी थी। टंगड़ी भी दिव्य ही थी। गांधी जी के दिखाए रास्ते पर चलने लगे। चलना ही था। सब रट रखा था। आगे जब ब्लॉक से लेकर जिलास्तरीय, राज्यस्तरीय तक उनका क़द बढ़ा तो गांधी काम आने लगे। गांधीवाद के सिद्धांतों ने बड़ी मदद की। गांधी जी महान थे। उनकी कथनी-करनी एक थी। राजनीति में पद-पैसा पाने के सख़्त ख़िलाफ थे। देश की सेवा में जेल गए। कष्ट उठाए। यातनाएं सहन कीं। सेवा समझते थे सियासत को। उन्होंने राजनीति के महान सिद्धांत दिए... टाइप की बातें करने लगे। सब रटा था। रटाई काम आने लगी। राजनीति में शुचिता-नैतिकता टाइप की बातें करने वालों की क़तार में दिखाई देने लगे। इन बातों से सियासत में सब डरते हैं। जैसे नंगे से खुदा डरता है, उसी टाइप। लोग बचते गए। हटते गए। जगह देते गए। नेताजी मदमस्त सांड की तरह सिद्धांतों के सींग सबको मारने लगे। काम चलता रहा। क़द बढ़ता रहा। देशव्यापी हो गया। सरकार का हिस्सा हो गए। देश चलाने लगे।

अब एक दिक्क़त आ गई! सिद्धांत से जुड़ी।

विपक्ष और सड़क पर गांधीजी सरल हैं। ज़िम्मेदारी आते ही निभाने में कठिन।

सो दिक्क़त पेश आने लगी। सिद्धांत मुश्किल दिखाई देने लगे। सरकार का हिस्सा बनकर भी भविष्य सुरक्षित नहीं किया तो गांधी टाइप लंगोटी ही रह जाएगी। लेकिन अब जिन सिद्धांतों को अपनाकर यहां पहुंचे हैं उन्हें छोड़ने की बेवकूफ़ी भी तो नहीं की जा सकती है। तो क्या करें? प्रश्न विकट था। चिंता गहन थी। दिमाग़ घूम गया।

फिर काम आ गई दिव्य दृष्टि!

ऐसे ही टेढ़े बख़्त के लिए दृष्टि में दिव्यता भरी थी। सुकून आ गया। पढ़ाई बेकार नहीं जाती कभी! बस उपयोग का हुनर आना चाहिए।

सिद्धांतों को मॉडर्न टच तो दिया ही जा सकता है। समयानुकूल तो किया ही जा सकता है। व्यावहारिक बनाने के लिए कौन सा डॉक्टर मना कर रहा है। सिद्धांतों पर ही चलेंगे। कलेवर नया रखेंगे।

अब गांधीवादी सिद्धांतों की व्यावहारिकता कुछ यूं हो गई... गांधीजी ने क्या किया था। हम क्या करेंगे कि व्यवस्था निर्धारित कर ली। कुछ इस तरह...

मार्च करना ज़रूरी है, दांडी की तरह... तो ज़रूर करेंगे। चाहे स्विट्ज़रलैंड के किसी होटल से किसी बैंक तक ही न किया जाना हो। ससुरा ज़रूर करेंगे। मार्च का सम्मान होगा।

असहयोग करना ज़रूरी है, ज़रूर करेंगे। हर सही काम के प्रति यही रुख रखेंगे। साला! सही काम, सही व्यवस्था, सही परिणाम दिलाते हैं भला?

क्विट इंडिया आंदोलन चलाना ज़रूरी है। ज़रूर चलाएंगे। हर सही अफ़सर को इस व्यवस्था से क्विट करने पर मजबूर कर डालेंगे। वैसे भी इस टाइप के लोगों का यहां क्या काम? इनकी जगह तो घर में है। वहीं रहें।

हम तो भाई पूरे मनोयोग से उनके मूल्यों को आत्मसात करेंगे। हर मामले का सही मूल्य आंकने में कोई कोताही न करेंगे। उन्होंने ट्रस्टीशिप सिद्धांत दिए हम भी अपना ट्रस्ट बनाएंगे। ट्रस्ट बनाकर बंधु-बांधवों का भी भला करेंगे।

गांधीजी ने ख़िलाफ़त की थी। हम भी ज़रूर करेंगे।

विपक्ष की हर बात की ख़िलाफ़त करेंगे। सही हो या ग़लत। ख़िलाफ़त होगी। हो के रहेगी। कोई न रोक पाएगा हमें। सरकार सुनने के लिए बनी है क्या? ज्ञान नहीं चाहिए। विपक्ष की काहे सुनें। जब ससुरे सत्ता में आएं तो कर लें मन की। तब तक हम अपने मन की करेंगे। सो, कर रहे हैं। घर भर रहे हैं। गांधी पर भरोसा है। उनके सिद्धांत रास्ता दिखाते हैं। अंधेरे में टॉर्च टाइप काम कर जाते हैं। उनके दिखाए रास्ते पर चलना है। चल रहे हैं। चलते रहेंगे। कैसी परेशानियां आएं क़दम न डिगने देंगे।

सो अब बड़े नेता हैं!

बचपन से ही थे दिव्य दृष्टि संपन्न। और ख़ास ये कि अभी भी गांधी के दिखाए रास्ते पर चलने को हैं तत्पर...

10

ये है हमारी देशभक्ति डॉट कॉम

अरे, हमारी वो बजबजाती नालियों की बात ही कुछ और है, विदेशियों ने देखी ही नहीं हैं वे शानदार नाले-नालियां। राष्ट्रीय एकता की जीवंत स्मारक हैं जीवंत स्मारक। महक का आलम ये कि 50-50 कोस तक ख्याति की लहरें पहुंचें। नाक पर चाहे कितना भी रूमाल लगा लो, सब बेअसर। खुलेआम सुबह की कुछ मुर्गेनुमा बैठकर की जाने वाली क्रियाओं के लिए भी सर्वथा अनुकूल।

हाल ही में विदेश से लौटा हूं। स्तब्धनुमा खुमारी में उत्साहित हूं। अभी फ़िज़ूल की बातें सुनने का टाइम नहीं है। अच्छा भाई साहब एक बात तो बताइए कि क्या आप भी कभी विदेश गए हैं? नाराज़ मत होइए, गए होंगे। ऐसा है कि मैं तो पहली ही बार गया था, इसलिए तो ज़्यादा ही उत्साहित हूं। इसलिए पूछ डाला। ख़ैर, आप भी इसी तरह से उत्साहित होंगे, जब पहली बार वहां से लौटे होंगे। स्तब्धनुमा खुमारी का तो ऐसा है कि वहां के डिसिप्लीन, जज़्बात, देशभक्त आदि-आदि देखकर मेरे पेट में मरोड़ उठने लगी, आंखें तक भर-भर आईं। क़सम से क्या ग़ज़ब के देशभक्त होते हैं। आपने देखे तो होंगे ही वहां, सच्ची बोलिओ। गए थे कि नहीं? वो क्या है कि हम भी आम देशवासियों टाइप किसी के अब्राड आदि जाने की बात पर आसानी से कम ही यक़ीन करते हैं। नहीं, आप बोल रहे हो तो गए तो होंगे ही। यार क्या सड़कें हैं... क्या बिल्डिंगें हैं... कितनी प्यारी-प्यारी कारें हैं... कितने सुंदर-सुंदर तो लोग हैं... गंदगी का कहीं नामो-निशान नहीं। सड़कों

पर कचरा कहीं मिलता तक नहीं। देश को साफ़-सुथरा रखने के प्रति कितने सचेत रहते हैं विदेशी, यह सोच-सोच के ही मुझे तो चक्कर आने लगते हैं।

कुछ तो इतने सफ़ाई प्रेमी रहते हैं कि गंदगी करने से पहले ही उसे साफ़ करने की जुगत में चिंतित रहते हैं। यक़ीन नहीं आ रहा होगा, आएगा भी कैसे कभी गए हो... मान लिया कि गए होगे। एक बार मैंने एक अंग्रेज़ को डस्टबिन के पास खड़े देखा, काफ़ी देर तक जब वो वहां से नहीं हिला तो मैंने पूछा कि भाई साहब क्या बात है। उसने जो कहा उसे सुनकर अपना देश होता तो कोई उसे डस्टबिन में ही डालकर केरोसिन छिड़क देता। कह रहा था कि उसका दोस्त अभी कुछ केले लेकर आने वाला है। इसी कारण वह यहां खड़ा है ताकि खाकर छिलके डस्टबिन में फेंक सके। क्यों? ताकि सड़क पर कहीं गंदगी न रहे। फ़ुरसतिया कहीं का। आप करेंगे ऐसा? क्या कहा - हां करेंगे... आपकी इतनी मज़ाल... अपने देश को लजाओगे क्या? ... आप कम से कम भारतवासी तो नहीं हो सकते। मैं मान ही नहीं सकता। क्या कोई अपने देशवासी भाई को ऐसा 'गंदा' जवाब देता है भला?

अच्छा एक किस्सा सुनो - एक बार एक व्यक्ति किसी मोहल्ले में सफ़ाई करता दिखा। मालूमात करने पर पता चला कि वह तो बेचारा किसी कंपनी का सीनियर ऑफ़िसर है। जब कभी टाइम मिलता है तो मोहल्ले की सफ़ाई में जुट जाते हैं। ताकि कचरे का ढेर न लग जाए। अब लो ऐसे-ऐसे सनकी भरे पड़े हैं विदेश में कि पूछो मत। हम क्या इतने फ़ोकटिया हैं कि ऑफ़िस जाना छोड़कर ऐसे निकृष्ट से कामों में भिड़े रहें। वहां भले ही काम न हो लेकिन कार्यालयीन समय का ऐसा घोर अपव्यय कदापि नहीं करेंगे। एक सुबह से पूरी स्ट्रीट के लोगों को एक नाली की सफ़ाई में लिप्त पाया। कैसा ठरकी मोहल्ला है, मैंने तत्काल सोच लिया था कि यहां अपने दोस्त के घर रहना ही नहीं है। ऐसी फ़ालतू की चीज़ें देख-देखकर आदतें ख़राब होने का डर था भाई। इसलिए मैं वहां से खिसक लिया था।

अरे, हमारी वो बजबजाती नालियों की बात ही कुछ और है, विदेशियों ने देखी ही नहीं हैं वे शानदार नाले-नालियां। क्या तो गंदगी-राष्ट्रीय एकता की जीवंत स्मारक हैं, जीवंत स्मारक। सौहार्द से सराबोर। समरसता से ओत-प्रोत। विशाल खुली बांहें जो चाहे आसरा ले ले। क्या तो जानवर, क्या तो शराबी, क्या तो संन्यासी। सबका समान भाव से स्वागत। ऐसा उत्साह। इतनी उद्दात भावना। ठेठ गांव से धुर शहरों तक। महक का आलम ये कि

50-50 कोस तक ख्याति की लहरें पहुंचें। नाक पर चाहे कितना भी रूमाल लगा लो, सब बेअसर। खुलेआम सुबह की कुछ मुर्गेनुमा बैठकर की जाने वाली क्रियाओं के लिए भी सर्वथा अनुकूल। कहीं होती है इतनी सस्ती भोर संगोष्ठी, बड़ी-बड़ी समस्याओं का हल इसी संगोष्ठी से निकला है। हालाँकि ये बात इतिहास में कहीं दर्ज नहीं है लेकिन आम आदमी से पूछकर देख लो, बता देगा।

और ये यहां विरासत के ऐसे प्रतिमानों को नष्ट करने पर तुले हैं, कृतघ्न कहीं के। इनके यहां होती नहीं हैं ये चीज़ें तो हमारे यहां की ऐसी चीज़ों को लेकर नाक-भौं सिकोड़ते फिरते हैं। देश गंदा है। "है तो है, तुम कर लो।" बस दूसरे देशों की गंदगी में ही दिलचस्पी, वहां का कूड़ा ही दिखता है इन्हें, गर्दे पर ही नज़र रहती है। मुझे नहीं जमते भइया ऐसे लोग। तभी तो नाली को साफ़ करते देखकर मेरा तो खून खौल गया। बस चलता तो सालों को वहीं नाली में ही ढकेल देता। विदेश का मामला था। अपन ने भी सोचा कि दोस्त किसी लफड़े में पड़ जाएगा। नहीं तो सच्ची में ढकेल ही देता। फिर कोई कुछ भी कर लेता, नौटंकी अपन को बर्दाश्त ही नहीं। लेकिन एक बात तो है काम ईमानदारी से करते हैं पट्ठे, साले सारे के सारे जुट जाते हैं। ज़्यादा ना-नुकुर नहीं करते। हमारे यहां तो ऐसे कामों के लिए एक को खोजने जाओ तो सारा दिन मनाते रहो फिर इकट्ठे भी हों तो आपस में ही इतनी किच-किच कि इससे तो अच्छा साली नाली ही गंदी पड़ी रहे। सो पड़ी ही रहती है। हालाँकि इसके पीछे हमारा स्वाभाविक धरोहरों को संजोने का प्रेम है, और नहीं तो क्या? तभी तो हमने वर्षों की मेहनत से इन नाले-नालियों में इतिहास-पुरातत्व की कई लेयर जमा कर ली हैं।

कभी सदियों में खुदाई हो तो आश्चर्य नहीं कि कोई छोटी-मोटी सभ्यता इन्हीं के किनारे निकल आए। नालीघाट जैसी महान धरोहर को संजो कर रखने वाली विकसित सभ्यता। ख़ैर, मैं बात कर रहा था कि विदेश में ऐसा नहीं होता। एक बार कुछ लोग दिखे एक जगह मूर्ति बने खड़े थे, टस से मस नहीं हो रहे थे। पास गया तो पता चला राष्ट्रगान बज रहा था। सब वहीं पर जमे हुए थे सीना ताने - सिर ऊपर उठाए। अब लो बताओ कैसे लोग हैं। सांस तो ले लो भइया, कहीं शहीद ही ना हो जाओ ऐसे दिखावे के चक्कर में। हमें देखो ऐसे चक्करों में बिलकुल नहीं पड़ते। राष्ट्रगीत बजे या गान, पड़े हैं तो पड़े हैं। काहे का दिखावा? दिल में है तो देशभक्त का सैलाब।

जब कहोगे रेडीमेड निकाल कर दिखा देंगे। क्या खड़े होने भर से साबित हो जाएगी देशभक्ति। इन विदेशियों के तरीक़े इन्हीं मामलों में तो खिसकेले हैं, सारा ज़ोर दिखावे में दिल से कुछ नहीं, भावनाएं भाड़ में जाएं, दिखावा होना चाहिए। करते रहो दिखावा। मैं तो सालों को बस के आगे धकेल देता। काफ़ी लोग थे तो इसलिए बस रहने ही दिया।

फिर एक दिन टीवी देख रहा था। कहीं बाहर का कोई नेता इनकी पार्लियामेंट में गला फाड़ रहा था। फ्रेंच में अपना भाषण ठोक रहा था। सबके खोपड़े में हैडफ़ोन। मुझे तो सुनते-सुनते ही बेहोशी छाने लगी। कहां हमारे नेता हैं। देश से बाहर जाते ही तहज़ीब का ख़याल रखते हैं, मेज़बानी को आदर देते हैं, सामने वालों को परेशानी न हो, इसलिए दनादन अंग्रेज़ी में बोलते हैं। इस मामले इतने अनुरागी जीव हैं कि जिस देश में जाएं, वहां की भाषा में बोलने को तैयार हैं। वो तो वहां की भाषा न सीख पाने की मजबूरी है। अन्यथा तो किसी ग़ैर देशवासी के कष्ट से हम तत्काल ही द्रवित हो जाते हैं। एक ये हैं विदेश में आकर भी मातृभाषा में भाषण भांज रहे हैं। देखते नहीं लोगों को कितनी परेशानी हो रही होगी। हो तो हो इन्हें क्या? ये तो अपना मातृभाषा प्रेम ही दिखाते रहेंगे। दिखावटी कहीं के!

एक बार एक स्ट्रीट पर जा रहा था। देखा एक भिखारीनुमा आदमी सड़क पर हैट रखकर वायलिन पर अंगुलियां घसीटे ही जा रहा है, लोग उसके हैट में नोट डाल रहे हैं। देखते ही अपन ने भांप लिया बच्चू लोगों को ब्लैक मेल करके पैसे ऐंठ रहा हैं कि डालो हैट में नोट नहीं तो ऐसे ही भयानक वायलिन बजा-बजा के कान फोड़ डालूंगा। एक हमारे यहां के हैं - शालीन, नफासत भरे अंदाज़ वाले, भिखारीपन की ठसक लिए। काहे का गाना-बजाना। भिखारी हैं तो काम किस बात का और डराना ही होगा तो वायलिन या संगीत से डराएंगे क्या? वैसई न छीन लेंगे नोट।

इसलिए तो मुझे कई बार लगता है साले! स्ट्रीट पर भी डिजाइनर भिखारी खड़े कर देते हैं। ताकि बाहर से आने वालों पर इम्प्रैशन पड़े कि देख लो हमारे भिखारी तक कमा के खाने की भावना रखते हैं। अबे, सोचते ही नहीं कमाने खाने का जज़्बा रखते तो भिखारी बनते क्या? नक़ली नहीं लगते ये लोग आपको, देखो मना मत करिओ नहीं तो फिर मानूंगा ही नहीं कि कभी विदेश गए थे। हां, क्या कहा - लगते हैं। गुरु, पैंतरे बदलू, पक्के देशवासी ही हो। अच्छा, एक तो ये बैकग्राउंड में इतना नक़लीपन भरे हैं

ऊपर से बातें सुनो - पट्ठों की नक़ली-नक़ली सी। यू नो माई कंट्री... माई नेशन... टाइप की। अबे, हमारी भी कंट्री, हमारा भी नेशन है। हम कभी गाते दिखते हैं क्या? ये क्या कि बात-बात पर प्राउड करने लगो। प्राउडी लोग अपने को पसंद ही नहीं इसलिए अपने देश की गर्व से बातें करते ही नहीं हैं कि पता नहीं भइया सामने वाला देश के बारे में क्या सोचने लगे। इसलिए तो देश के बारे में सारी अच्छी-अच्छी बातों को क़िताबों में ही रखते हैं। बोलते हैं क्या? ज़्यादा जानना है तो क़िताबों में पढ़ लो। लोगों से पूछोगे तो बेचारे सीधे-सहज लोग, घमंड का नामोनिशान नहीं। संकोच के मारे क्या अच्छा बता पाएंगे देश के बारे में, ज़्यादा ज़ोर दोगे तो आपका सम्मान रखने के लिए यहां की बुराई और शुरू कर देंगे। इतनी सादगी कहीं मिलती है भला? सीधे-सादे, भोले-भाले, घमंड रहित लोगों का देश है।

दूसरे लोगों-देशों के प्रति इतना प्रेम रखते हैं कि अपने देश की तारीफ़ करना ही भूल जाते हैं। सहज हैं ना। ऐसा नहीं है कि ये जनरेशन ही इतनी विनम्र है। हमारी तो पिछली कई जनरेशनों में ऐसी विनम्रता कूटकूट कर भरी है। ऐसा विनय से लबालब लोगों का देश देखा है कहीं? जो अपने व्यक्तिगत गुणों को सर्वोपरि मानें। घमंड के समूल नाश के लिए सबकुछ दांव पर लगा दें, देश तक। यूं ही नहीं दुर्गुणों से मुक्ति पाई जाती है। अच्छी-अच्छी चीज़ों की कुर्बानी देनी पड़ती है। भारी प्रयास करना होता है। क्या तारीफ़ करूं अपने देशवासियों की। यहां तो देश के लिए सम्मान की भावना तक नहीं है। ये क्या कि देश का झंडा तक लपेटे फिर रहे हैं।

क्यों भाई? ऐसा क्या सम्मान कि झंडा तक पहन लिया ऊपर से अंदर तक। हमें देखो झंडा छूने देते हैं किसी को, ससम्मान चढ़ाया-उतारा फिर लपेट कर रख दिया। वर्षों तक तो हम उसे गोपनीय वस्तु की तरह सरकारी तौर पर सहेजकर रखे रहे। अब जाकर कुछ फहराने-वहराने की छूट दी है। तो भी दस नियम, पंद्रह क़ायदे साथ में बता दिए हैं। वो तो हम ज़रा नियम-क़ायदों का लिहाज कर जाते हैं अन्यथा तो हमारा राष्ट्रप्रेम इतना उत्कृष्ट कोटि का है कि एक बार झंडा फहराएं तो वर्षों तक यूं ही लहराने दें।

ऐसे ही मुझे इनकी युवा पीढ़ी पर बड़ी कोफ़्त होती है। देश-दुनिया की कोई जानकारी ही नहीं। वैरी पुअर जनरल नॉलेज। एक हमारे बच्चे हैं, अमेरिका के बारे में पूछ लो, टप्प से बता देंगे। इतनी इंफ़ॉर्मेशन रखते हैं जैसे हायर सेकंडरी वहीं से किया हो। मेहनती है हमारी युवा पीढ़ी। वीजा

जैसी कंप्लीकेटेड चीज़ के बारे में पूछ लो - एच-1, पी-1 कोई सा भी वन-टू-थ्री हो, सभी की मुकम्मल मालूमात। पूरा टेलेंट अमेरिका को विकसित करने में लगा देंगे। यू नो वही 'वसुधैव कुटुंबकम्' की भावना। फिर देश का भी ध्यान रखते हैं। विदेश संभालेंगे हम और देश को गंजले, संजले, मंझले भइया। इतने सारे तो हैं कोई भी संभाल लेगा ही। विदेश जाकर भी इतनी चिंता है देश की, कहीं देखे हैं ऐसे लोग? ऐसे ही नहीं सूचना और तकनीक में विश्व में भारतीय छाए हुए हैं। इतनी तेज़ी से तरक्की कर रहे हैं भइया कि मुझे तो डर लगता है कि आने वाले समय में कहीं नई जेनरेशन को देशभक्ति के मायने भी देशभक्ति डॉट कॉम में ही नहीं समझाना पड़े। आप ही संभलियो भिया।

11

हे वत्स...! सिग्नल अजर है, अमर है और एंथनी भी है

जिस प्रकार सेलफ़ोन से उसकी सिमरूपी आत्मा एक मॉडल को बदलकर कई बार दूसरे मॉडल में चली जाती है, दुनिया से फिर संबंध जोड़ लेती है। ठीक उसी प्रकार हे...! गांडीवधारी, सिग्नल अजर है, अमर है और एंथनी भी है। कई बार तो एंथनी गोंजाल्विस भी है। भाइयों की तरह मिलता है फिर बिछुड़ जाता है।

बॉस...! चित्त फिफ़्टी-फिफ़्टी हो रहा है। मन बार-बार युद्धस्थल से 'आउट ऑफ़ रीच' हो रहा है। सब अपने ही वाले हैं। अपनों पर हाथ उठाऊं, परिजनों के प्राण हर लाऊं। ऐसी जीत किस काम की... हमसे न होगा। कुरुक्षेत्र में अर्जुन फिर विचलित हैं। श्रीकृष्ण की ओर देखकर बोले - "बॉस मामला दिल और दिमाग़ के क्रॉस कनेक्शन में उलझ गया है। रास्ता दिखाओ। हमें इस समस्या से निजात दिलवाओ।"

श्रीकृष्ण ने मोबाइल पर से ध्यान हटाया। कहा - "हे वत्स...! अब तुमने पूछ ही लिया है तो मेरे एसएमएस जैसे सिंपल-शॉर्ट मैसेज को ध्यान से सुनो। जिस प्रकार सेलफ़ोन से उसकी सिमरूपी आत्मा एक मॉडल को बदलकर कई बार दूसरे मॉडल में चली जाती है, दुनिया से फिर संबंध जोड़ लेती है। ठीक उसी प्रकार हे...! गांडीवधारी, सिग्नल अजर है, अमर है और एंथनी भी है। कई बार तो एंथनी गोंजाल्विस भी है। भाइयों की तरह मिलता है फिर बिछुड़ जाता है। फिर मिल जाता है। ठीक बॉलीवुड के आल टाइम हिट 'लॉस्ट ऐंड फ़ाउंड' वाले फ़ॉर्मूले की तरह। सो यहां अपना-पराया

कुछ नहीं होता है। सब ऑफ़िस का वाय-फ़ाय होता है। जिसे सब अपना ही मानकर मुफ़्त में एफ़बी पर चैटिंग का मज़ा लेते हैं। पर्सनल हैवी फ़ाइलें डाउनलोड करते हैं। यू ट्यूब पर वीडियो देखते हैं। इस दौरान मन में तनिक भी अपने-पराए की भावना नहीं लाते हैं। यही भावना तुम भी धारण करो वत्स। इसी में कल्याण है।"

अर्जुन - "लेकिन बॉस, अभी भी मन में शंकाएं हैं। ये मेरे परम प्रतापी भीष्म पितामह हैं, ये मेरे गुरु द्रोण हैं... सब कुछ इनसे ही सीखा है। इनसे कैसे पार पाऊंगा...?"

श्रीकृष्ण - "हे परम धनुर्धारी! जिस प्रकार टेक्नोलॉजी हरदम अपना चोला बदलती है। पुरानी को खाकर नई होती जाती है। ठीक उसी प्रकार, पितामह को भी 2-जी टेक्नोलॉजी मान लो जिसे जल्दी ही 3-जी और 4-जी रिप्लेस करेगा ही। गुरु द्रोण भी आउटडेटेड आरकुट की तरह बस चला-चली की बेला में हैं। सो तुम क्यों व्यर्थ चिंता करते हो... किससे डरते हो... कौरव तो तकनीकी अपग्रेडेशन में भयंकर तौर पर पिछड़े हैं। तुम तो चैटिंग से लेकर क्लाउड कंप्यूटिंग तक की हर विधा में पारंगत हो। वेष बदलने के उस्ताद हो। एफ़बी पर फ़ेक आईडी बनाकर दुश्मनों पर प्रहार करने में भी महामाहिर हो। जिस प्रकार ज्ञानी पुरुष मिस्ड कॉल मार-मारकर सत्कर्मरूपी 'बैलेंस' को बचाए रखते हैं, उसी प्रकार जो भी लड़कियों की फ़ोटो लगाकर दुश्मनों से की गई अंतरंग चैट को भी आड़े बख़्त के लिए ब्रह्मास्त्र की तरह बचाकर रखता हो, उसका तो जीतना तय है। स्मरण रखो - जो हुआ है वो अच्छा हुआ है। जो होगा वो भी अच्छा होगा। जो आज तुम्हारा है वो कल किसी और का था परसों किसी और का होगा। सो वाट्सएप पर मिले जोक्स और वीडियो को अपना बताकर दूसरों को भेजते रहो। दाद पाकर ज्ञानी प्रवृत्ति की मुस्कराहट बिखेरते रहो। सो, कर्म करो। फल की चिंता त्याग दो। कर्म तुम्हारे हाथ है, फल नहीं। सो माउस उठाओ। बटन दबाओ और कौरवी सेना को मारकर इस गेम में अधिकतम स्कोर प्राप्त कर लो वत्स, मेरा आशीर्वाद तुम्हारे साथ है...!"

सो इन दिनों, दिव्य ज्ञान से भरे इसी आशीर्वाद के सहारे कई अर्जुन दुनिया की वास्तविक जंग छोड़कर वर्चुअल वर्ल्ड की महाभारत को जीतने में पिले पड़े हैं।

12

लगभग रूटीन के क्रांतिकारी

काजू भुने हों। गिलास भरा हो।
तो हो जाती है क्रांति की पृष्ठभूमि तैयार, इन इनग्रेडिएंट्स
के साथ... एक नग टेबल! 4 से 6 नग गिलास!
100 ग्राम भुने काजू! कंडीशन में धुंधलके की रिक्वायरमेंट!
घूंट-दर-घूंट पिए जाने वाले परिपक्व विचार!
चबाने के लिए दो चम्मच तला हुआ आक्रोश! प्लेटभर मानवता
के प्रति चिंता! तेज़ क्रांति द्रव्य ख़रीदने लायक़ जेब!
पर्याप्त मोटाई लिए खाए-अघाए पेट!

टेबल पर भुने हुए काजू रखे हैं। तीन जोड़ी टांगें और चार नग कुहनियां भी उसी पर टिकी हैं।

"ये पूंजीपति सदियों से ग़रीबों को उल्लू बना रहे हैं। घोर अराजकता है। सब अन्याय के आदी हो गए हैं, सुविधाभोगी हो गए हैं सब। ख़ून पानी हो गया है।" पहली टांग गरजी।

"आहो...!" दूसरी टांग का स्वर। फिर गिलास से कुछ गटकने की आवाज़।

"कोई विचारधारा काम की नहीं है। सब रक्तपिपासु हैं हरामख़ोर... रक्तपिपासु के सु में छोटे उ की मात्रा की बड़े ऊ की, जल्दी बताओ बे," एक कोहनी की कुछ नशीली सी आवाज़ निकली।

"आहो...! आहो...!" फिर वही दूसरी टांग। गिलास भी दूसरा ही। स्वर में भारी तादाद में ऊर्जा।

"सब साले लुटेरे हैं। पार्टियां-सरकारें सभी एक ही थैली के चट्टे-बट्टे हैं," दूसरी कोहनी का फ़रमान फच्च से आया। फिर मुट्ठी भर काजू मुंह में भरे। हाथ में लगा नमक पर्दे से पोंछा। एक कड़वा काजू बाजू में थूका। दिमाग़ प्रचुर मात्रा में सक्रिय है। तर माल की आड़ में कुछ भी नहीं खिलाया जा सकता है। अंदर आक्रोश है, इसका मतलब ये नहीं कि स्वाद से समझौता कर लें।

तीसरी टांग धकाधक पैग बनाने में लगी है।

पांचों बड़े क्रांतिकारी हैं। लगभग रोज़ ही क्लब में मिलते हैं। हर विचारधारा की पूरी मालूमात रखते हैं। इतने ज्ञानी हैं कि संबंधित विचारधारा के मूल प्रवर्तक तक को उसी की विचारधारा के बारे में इतनी शिद्दत से समझा दें कि उसका मुंह खुला का खुला रह जाए। ये भी उसके खुले हुए मुंह में मुट्ठीभर काजू रखकर ही लौटें।

मानते भी हैं कि भुने हुए काजुओं से क्रांति को वांछित ताक़त मिलती है। ठीक-ठाक बर्फ़ मिले दो पैग मिल जाएं तो क्रांति की अनुकूल परिस्थितियां प्रकट होते देर नहीं लगती है।

जानते हैं क्रांति में चीज़ों का अनुपात सही होना ज़रूरी है। जब सारी परिस्थितियां सही अनुपात में इकट्ठी हो जाती हैं तो एक बुद्धिजीवी इस बारूद में तीली लगा देता है। फिर सुलग उठती है क्रांति। बदल जाती हैं व्यवस्थाएं। सैलाब उमड़ता है तो भ्रष्ट व्यवस्थाओं की चूलें हिल जाती हैं।

फिर गिरता है सड़ा हुआ तंत्र, धड़ाम से।

(नोट : किसी शरीफ़ से देश में क्रांति के लगभग इसी तरह के लच्छन होते हैं।)

विचार की ताक़त से ही सुलगती है क्रांति की मशाल। ध्वस्त हो जाती है तानाशाही।

ताक़त! ताक़त!! क्रांति की ताक़त!!!

काजू से आती है ताक़त। काजू भुने हों। ठीक-ठाक मात्रा में गिलास भरा हो। शाम से रात की तरफ़ निकलता सा समय हो। तो हो जाती है क्रांति की पृष्ठभूमि तैयार, इन इनग्रेडिएंट्स के साथ...

एक नग टेबल! 4 से 6 नग गिलास! 100 ग्राम भुने काजू! कंडीशन में धुंधलके की रिक्वायरमेंट! घूंट-दर-घूंट पिए जाने वाले परिपक्व विचार!

चबाने के लिए दो चम्मच तला हुआ आक्रोश! प्लेटभर मानवता के प्रति चिंता! तेज़ क्रांति द्रव्य ख़रीदने लायक़ जेब! पर्याप्त मोटाई लिए खाए-अघाए पेट! एक आवाज़ पर प्लेट लिए दौड़ने वाला एक अदद बैरा! क़ीमती अंगूठियों से भरी भींचने लायक़ मुट्ठियां! मुलायम चर्बीयुक्त पटकने लायक़ हथेली! और...

वाल्टेयर-रूसो-कामू-मार्क्स-चे-माओ की प्रसिद्ध लाइनें! परिस्थितियों के अनुसार लिंकन-वाशिंगटन, गेटे-वर्जिल-दांते-गर्सिया आदि के भी के सरल अंग्रेज़ी में बोले जा सकने वाले उदाहरण। और बिना फफूंद लगे लगभग 500 ग्राम क्रांतिवीर!

(नोट : मात्रा सुविधानुसार परिवर्तनीय है। क्षमता अनुसार ही करें। क्रांति बड़ा कठिन काम है भई।)

फिर इन अवयवों को ठीक-ठाक अनुपात में आपस में घुलाया मिलाया जाए तो धधक उठती है क्रांति की ज्वाला।

तीसरी प्लेट और तीसरे दौर के बाद! बस क्रांति का लक्ष्य स्पष्ट नहीं होता है।

लक्ष्य की चिंता में क्रांति रोकी नहीं जा सकती है। टांगों और कुहनियों का स्पष्ट मत है। मत बिलकुल उसी धुंधलके के समान स्पष्ट है, जिसमें इस क्रांति को परवान चढ़ाया जा रहा है।

लगभग रोज़ ही घंटे दो घंटे में वो निर्णायक क्षण आ जाता है। जब रात घिरने लगती है। क्लब में मनुष्यों की मात्रा बढ़ने लगती है। टेबल पर बर्फ़ की मात्रा कम होने लगती है। सप्लाई अनिश्चित होने लगती है। आवाज़ असर खोने लगती है। क्रांति का संवाहक बैरा पलटकर हुंकार नहीं भरता है। आक्रोश आंखों में और गुस्सा नसों में दौड़ने लगता है।

तब आ जाता है क्रांति का निर्णायक क्षण! फिर किसी दिशा से कड़कती है बिजली।

“काजू की प्लेट-रसद का रास्ता काटने के लिए प्रतिगामी ताक़तें सक्रिय हो गईं हैं मित्रों!”

बुर्जुआ को महत्त्व मिलने लगा है। सर्वहारा बेसहारा हो रहा है। हथियार उठाओ बंधुओं! मदद का मुंह मत देखो! सहायता की बाट मत जोहो! खुद के बाजुओं पर भरोसा करो!

एक हुंकार से पट से क्रांति सभी के शरीर में चकाचक हिलोरे लेने लगती है। टांगें उत्तेजना में कांपने लगती हैं। कुहनियां मुट्ठियों के रूप में टेबल पर पटकी जाने लगती हैं। क्रांति की ज्वाला प्रचंड पर पहुंचने लगती है।

आ जाता है महासमर का निर्णायक समय। तभी अचानक बज उठता है यलगार का बिगुल, मोबाइल के रूप में। कोई एक क्रांतिवीर कानों से लगा लेता है।

आ गया महाप्रयाण का अंतिम आदेश। जीवन का लक्ष्य। ज़िन्दगी की सार्थकता।

"हां... हां... बस... मतलब... मैं..., कह रहा... सुनो... अरे भई..."

टांगों की उत्तेजना थम सी गई है। उस क्रांतिवीर के जवाबों पर है सबकी नज़र। हेडक्वार्टर से क्या कोई नया आदेश। आंखें एक-दूसरे को देख रही हैं। घड़ी पर भी नज़र है। क्रांति का निर्णायक क्षण गुज़र न जाए। क्रांतिवीर की आवाज़ संजीदा है। कारुणीय लाचारी की तरफ़ बढ़ रही है।

"नहीं बस... वो नहीं हैं..., हां निकलता हूं..., कह तो रहा हूं वो नहीं हैं... बस 15 मिनट में निकलता हूं..., सुनो...! अरे...! भई..."

हेडक्वार्टर संक्षिप्त में अपनी बात कहने का आदी है। कई बार नीचे दिए गए कोडवर्ड में क्रांति को दिशा दे देता है।

"फिर उन लोगों के साथ बैठे होगे..., वे आवारा तुम्हें कहीं का नहीं छोड़ेंगे... कहां तक समझाऊं... समय हो गया है... सुबह पप्पू को स्कूल छोड़ने जाना है कि नहीं... दोबारा फ़ोन न करना पड़े... हां, सुनो आते समय 2 किलो आलू लेते आना... कभी तो घर का भी काम कर दिया करो... तुम भी पता नहीं कब सुधरोगे..."

क्रांतिवीर पट से उठ गया। खट से फ़टाक से बाहर की तरफ़ निकल गया। इशारों-इशारों में मैसेज चहुंओर फैल गया है। क्रांति बचाए रखने के लिए कोडवर्ड सीखना ज़रूरी है। संकेतों का संदेश समझ में आना ही चाहिए। बची हुई टांगें, कोहनियां भी निराशा में उठ गईं। हेडक्वार्टर का आदेश टाला नहीं जा सकता है।

कुछ ही पलों में टेबल वीरान हो गई। बादल गरजने लगे। बिजली कड़कने लगी। बची हुई भावनाएं अंधियारे आकाश के सीने में घुमड़ने लगी हैं। इधर, स्थिति वीरान है। त्रासदी के निशां बिखरे हैं। चित्त पड़ी टेबल पर भुने काजू के कुछ टुकड़े पड़े हैं।

अधजली सिगरेटें बिखरी हैं। ख़ाली गिलास औंधे पड़े हैं। रात निराश है, और अलसभोर की दिशा में अकेले ही निकल ली है। टेबल पर बची बर्फ़ की अधगली डली के सामान क्रांति की संभावनाएं पिघलने की कगार पर हैं।

रोज़ की तरह...!

13

यारां दा ठर्रापना

बारात भी जनवासे में पहुंचने के साथ कला का प्रदर्शन शुरू कर देती है। साफ़ चादर से जूते पोंछकर उन्हें पालिश करवाने जाएंगे, दूसरा नऊए की कुर्सी पर बैठता है, तो दाढ़ी-चंपी-बाल सेट करवाने के बाद फिर बदन की मालिश, फिर अंगुलियां चटकवाएगा सीट छोड़ते ही प्रेस वाले की छाती पर पांच सूट लेकर सवार हो जाएगा, क्रीजें बनवाएगा, बनियान तक पे प्रेस करवा मरेगा, चड्ढी चूंकि एक ही है इसलिए उसे छोड़ दिया जाता है।

आज आपको ठर्रापने के कुछ नितांत निजी किस्से सुनाता हूं। ठर्रापना नहीं समझे, यह बुंदेलखंडी ठसक उर्फ़ रुतबे का लोकल टशन है, स्थानीय फ़्लेवर भई। हालाँकि डर है कि किसी स्थानीय भाई ने घटनाक्रम को पहचान लिया और इसी विशेषता के अंतर्गत मुझ पर कुछ प्यार-श्यार सा जता दिया, तो आगे साहित्य में आपकी सेवा में रत नहीं रह पाऊंगा।

... तो बहुत पहले की बात है तब हम बुंदेलखंड के किसी शहर में रहते थे। तब का बुंदेलखंड आज के बुंदेलखंड के समान नहीं था, न-न बल्कि और भी ख़राब था। तो इस प्रकार हम उस बुंदेलखंड में रहते थे।

हमारे ज़माने में तब बुंदेलखंड राष्ट्रीय ख्याति को प्राप्त था। ठर्रा जैसा विशेषण न सिर्फ़ कच्ची दारू बल्कि हमारे लिए भी प्रयुक्त होता था। तब प्यार से सभी हमें कहते थे कि तुम लोग तो ठर्रा टाइप के लोग हो। छुटपन में जब ये कहा जाता था तो अपनी समझ में नहीं आता था, अब दोस्तों की

समझ के आधार पर इसे समझने का प्रयास करते हैं, बताया जाता है कि स्वाद बड़ा कसैला होता है, न-न लोगों का नहीं, ठर्रे का।

तब हमारी लोकल लाइफ़ स्टाइल में भी इसी ठर्रापने की सौंधी-सी सुगंध दिखती थी। जैसे एक बार हम एक शादी में गए। गेट पर ही एक सज्जन को एक रजिस्टर लिए बैठे पाया। कुछ पैसे का लेन-देन कर रहा था, हिसाब-क़िताब कर रहा था। अपनी खोपड़ी साइड में लगी झालर की तरह ही जलने-बुझने लगी। अबे जै क्या? खुलेआम दहेज का हिसाब-क़िताब चल रहा है। इसी चिंता में ठीक से खाना तक नहीं खा पाए। तनाव में इतने थे कि दूल्हे की जगह दुल्हन से हाथ मिला लिया।

जब फ़ोटोग्राफ़र ने धक्का दिया तभी पता चला कि दूल्हे राजा घूर रहे हैं। दुल्हन के पापा उनकी बाक़ी बहनों से हमारी पिछली मालूमात करने में जुटे हैं। दुल्हन तक अपनी कजरारी आंखों से चरित्र पर लगने वाले कलंक की शैली में ऐसा कर्रा टाप रही है कि सतयुग आदि में भस्म होने के अवसर बन जाते। ख़ैर, साथ गए दोस्तों ने बड़ी मुश्किल से उस युद्धस्थल से निकाला। बाहर आकर एक ने तो जलालत भरे स्वर में कह ही दिया, "अबे भौजाई जैसी थी।" हम सफ़ाई देने ही वाले थे कि दूसरे ने भी कह दिया, "अबे कईथी ईखैं मत लै चलौ, अबईं बेभाव की पड़वा दैतो। काए बै! हाथ काए मिलाऔ तैने?"

ख़ैर, जैसे-तैसे गेट तक पहुंचे तो उसी हिसाब-क़िताब करने वाले ने पुलिसिया अंदाज़ में घूरा, बोला - "काए भिया, दादा कैसे हैं, कल्लन के का हाल हैं, भज्जू कौं काए नईं लाए और सब बढ़िया, कितनो लिख दें।" हमने उसे शर्मिंदा निगाहों से देखा तो पीछे वाले दोस्त ने ठुड्डी मारी - "अबे देख का रऔ है पईसा ढीलो कर" - यानि अंदर खाओ, फिर गेट पर हिसाब-क़िताब करो, नाम-पता लिखवाओ फिर फूट लो। मतलब कि व्यवहार का लिफ़ाफ़ा मंच पर दूल्हा-दुल्हन को दिया न दिया, क्या पता नीयत बदल जाए। सो गेट पर ही एक तैनात कर दिया। नीयत बदले तो गेट पर ही आत्मा के गेट खोल दिए जाएं। यानि शादी में भी अलग तरह का टशन अपने नए तरह के कलेवर में मौजूद है, कहने को तो ये व्यवहार है लेकिन ऐसा व्यवहार जो बलपूर्वक आपसे निभवा लिया जाएगा। बिटिया की शादी हो रही है बिना सहयोग दिए कहां खिसकोगे? अंदर एक लिफ़ाफ़े पे चार गए, चपर-चपर करके खाना तो खा आए। अब सहयोग करने में दिल कुड़क रऔ है।

एक बार एक दोस्त के घर गया। देखा उसके कक्का हमेशा की मुद्रा में दालान में ही चड्ढी पहने पसरे हुए हैं, उनकी नज़र बचा कर अंदर नहीं घुस पाया। उन्होंने वहीं बैठाकर किस्से सुनाने शुरू कर दिए, बोले – "देखो ज़माने में कितनी निर्लज्जता आ गई है, लेकिन हमारी बहू-बेटियां तो आज भी बिना इतना लंबा घूंघट करे हमारे सामने से नहीं निकलतीं।" हमने मन ही मन सोचा – बुढ़ऊ, इतनी छोटी-सी चड्ढी पहने गेट पर ही पसरे रहोगे तो मारे शरम के लंबा-लंबा घूंघट करके ही निकलेंगी। ऊपर से जांघ पर हाथ मार-मारकर हंसते अलग रहते हो, कुछ तो निकलते समय तुम्हारे ऊपर निकलने की दुआ भी करती होंगी। तुर्रा ये कि बातें रसूख की करेंगे। मतलब यह अलग तरह का 'ए' ग्रेड का ठर्रापना यहां भी डिफ़रेंट क्वालिटी और एंगल के साथ मौजूद है।

एक बार की बात लो, एक घर के सामने से जा रहा था, एक बच्चे को उसका बाप खींच-खींच कर तमाचे मार रहा था। पूछने पर बताया कि नालायक है, कहना ही नहीं मानता, बिगड़ गया है। क्या हुआ? पूछने पर बताया गया कि साला बुश्शर्ट से नाक पोंछता रहता है, ज़रा-सी भी तमीज नहीं है। बेटे की करतूतें सुनाते-सुनाते ही उन बाप महोदय ने पड़ोसी के घर के आगे नाक सिनकी, उसी की दीवार से हाथ पोंछते-पोंछते बात ख़तम की, "पता नहीं साला किनके साथ रहकर बिगड़ रहा है।" अब बताइए मासूमियत-भोलेपन से भरपूर इस घटना में ठर्रापना है कि नहीं?

ऐसे ही एक सज्जन अपने घर के सामने दूसरे से लड़ रहे थे – "साले बाबूजी खड़े हैं इसलिए गाली नहीं दे रहा नहीं तो तुम्हारी तो... तेरे बाप की..." यानि जितने भी वाचिक निकटस्थ संबंध वे सामने वाले से जोड़ पा रहे थे, जोड़ रहे थे। बात-बात में कहते भी जा रहे थे कि बाबूजी खड़े हैं नहीं तो तेरी... कर देता। अब बताओ कहीं देखे हैं आपने इतने जहीन बच्चे जो लड़ाई में आपा खो देने के बाद भी पिताजी के लिहाज के मारे गाली नहीं दे पा रहे। फिर उनके पिताजी भी एक क़दम आगे, एकदम वहीं प्रसन्न मुद्रा में खड़े, देखो लड़का हमारी कितनी इज़्ज़त कर रहा है।

समस्या उस सुनने वाले की है जो गाली खाकर भी गाली इसलिए नहीं दे पा रहा कि उसके बाबूजी खड़े हैं। जब उनका बेटा लिहाज कर रहा है तो हमें मोहल्ले के कक्का का लिहाज करना ही है। तो वह बेचारा गालियां नहीं दे रहा है और दूसरा अपने पिताजी का लिहाज कर उसे

गालियां नहीं सुना रहा। कितनी विकट स्थिति है... तो तब हम ऐसे बुंदेलखंड में रहते थे।

ऐसे ही एक बार हमारे एक मित्र के बड़े भाई की शादी थी। महीनों पहले से लिस्ट बनने लगी कि किन्हें ले जाना है। विशेषताओं सहित उन लोगों को छांटा जाने लगा, जो वहां भयंकर रूप से बरातिया नंगाई मचा सकें, और नईं तो क्या? माने लड़की वालों को भी तो पता चले कि बारात बुंदेलखंड से आई है। मतलब बाराती तक स्क्रूटनिंग के पश्चात चुने जाते हैं ताकि घरातियों पर पर्याप्त रुतबा जमा सकें और बारात के किस्से किंवदतियों के रूप से स्थानीय समाज में गाए जा सकें। बारात भी एक बार जनवासे में पहुंचने के साथ ही सौंपे गए दायित्वों के अंतर्गत 'कला' का प्रदर्शन शुरू कर देती है। जाते ही साफ़ चादर से जूते पोंछकर उन्हें पालिश करवाने जाएंगे, दूसरा कोई जो नऊए की कुर्सी पर बैठता है, तो दाढ़ी-चंपी-बाल सेट करवाने के बाद फिर बदन की मालिश, फिर अंगुलियां चटकवाएगा। इससे भी जी न भरा तो उसका पाउडर उठाकर शरीर के वृहत हिस्सों में छिड़केगा, तत्पश्चात अपने परमप्रिय मित्र के आने के बाद ही सीट छोड़ेगा।

सीट छोड़ते ही प्रेस वाले की छाती पर पांच सूट लेकर सवार हो जाएगा, क्रीजें बनवाएगा, बनियान तक पे प्रेस करवा मरेगा, चड्डी चूंकि एक ही है इसलिए उसे छोड़ दिया जाता है, अन्यथा तो तौलिए और मोजे तक प्रेस करवा लिए जाते हैं। 'अरे भाई बाराती हैं,' इस भावना को सदैव मन में धारण रखते हैं। इसी बीच कुछ व्यक्तित्व बूंदी की क्वालिटी और भजिए के ठंडेपन को लेकर तीन-चार दोने खाने के बाद वहां सेवा दे रहे लड़कीवालों को सुनाना शुरू कर देंगे। इसी बीच दूसरे कोई दो वरिष्ठ वहां जाते ही पसर जाएंगे, नींद निकालना शुरू कर देंगे जो फिर बारात के लगने के बाद घरातियों के उठाने के बाद ही तैयार होने जाएंगे। उनके कारण अगर बारात लेट नहीं हुई तो मानेंगे कि अब उनमें वो पहले वाली बात नहीं रही, अतः कपड़े तक वहीं धोना शुरू कर देंगे। उधर, वह बेचारे 'कुंवर साब-कुंवर साब' करते घूमेंगे, इधर ये उनसे अपना बिखरा साफ़ा बंधवाएंगे।

इसके बाद ये घर में छूट गई महिलाओं को बारात के पहुंच जाने के किस्से बताएंगे। इतने क्रियाकलापों के पश्चात ही सामने वाले को थोड़ी तवज्जो देकर पूछेंगे कि आप लड़की के रिश्ते में क्या लगते हो। उसके बताने पर भी रिश्ते में संदेह करेंगे कि हमने तो सुनी थी कि लड़की कौ एक ही

चाचा है। तुम बिजनौर वाले कौन आ गए? जितने में वो अपने रिश्ते की कैफ़ियत देगा, उतने में साथ आए दूसरे व्यक्ति का व्यक्तित्व-रिश्तत्व परीक्षण शुरू हो चुका होगा। दूसरा अपनी सफ़ाई दे ही रहा होगा, उतने में ये अपने कपड़े समेट कर सूटकेस में जमा रहे होंगे, फिर फ़ाइनली डिक्लेयर करेंगे कि भई बारात लेट हो गई है।

सामने वाला हां करेगा तो उसे बताएंगे कि क्या करें जवान बच्चे हैं पीने-पाने के चक्कर में साले लेट करवा ही देते हैं। सामने वाला उन्हें बता ही नहीं पाता कि वे बच्चे तो दो घंटे से गेट पर नाच रहे हैं, तुम्हीं हो जो लेट करा रहे हो, लेकिन सिर हिलाकर हां... हां..., हें... हें... जैसी कुछ ध्वनि भर निकाल पाता है, जिस पर उसे ध्यान दिलाएंगे कि भइया लेट हो रहा है। "हां तुम हमारी अटैची पकड़ लो, वई में चढ़ावे कौ सामान है और तनिक जल्दी करौ।"

इस दौरान नीचे भी कम उत्पात नहीं चल रहा होता है, वहां आधे तो बैंडबाजे वालों से, कुछ आसपास के लोगों से लड़ने का एक राउंड पूरा कर चुके होते हैं। बचे हुए आपस में ही भिड़कर ये शौक़ पूरा कर लेते हैं। इस दौरान ही उन्हें लड़के के घरवालों में से ही कोई उनके विरोधी पक्ष की जानकारी देकर उन्हें सौंपे गए महान दायित्व का स्मरण करवाता है। डांस आदि तक में इतने हाथ-पांव फटकारे जाते हैं कि तीसरी मंज़िल से देख रहा आम आदमी तक बता देता है कि बारात बुंदेलखंड से ही आई होगी।

नाग-नागिन डांस पर इतनी देर तक कोई दो फड़फड़ाते हैं कि उन्हें घायलावस्था में छोड़कर बारात आगे बढ़ जाती है। बाद में किसी नाली आदि में गिरने से बाद ही इस डांस का समापन होता है। इतने में कोई दूसरा उनकी जगह नाग-नागिन डांस का अखंड क्रम जारी रखता है। इसी बीच भयंकर आवाज़ों के साथ 'देश है वीर जवानों का...' वाली स्पेशल भांगड़ा पार्टी कूद पड़ती है। इस डांस में रिश्तेदारों में से बुजुर्गों को ज़रूर ही घसीटा जाता है। उन्हीं में से फिर कोई एक बैंडबाजे वालों का वाद्य छीनकर ऐसी औकात पर उतरता है कि चारों ओर त्राहि-त्राहि मच जाती है। पीछे से कोई सीनियर बताता भी जाता है कि बद्री की जैई तो ख़राब आदत है। ज़रा-सी चढ़ाई नईं कि ईखौं होश नहीं रहत है।

उधर, बद्री भइया सबके साथ डांस आदि कर लेने के बाद बैंडवालों के साथ तक नाचने का शौक़ पूरा करते हैं। अक्सर उनका एपिसोड जेब के

सारे रुपए खुद और दूसरों पर न्यौछावर कर देने के पश्चात उनकी पत्नी द्वारा सार्वजानिक बेइज़्ज़ती के क्रम में समाप्त होता है। फिर वे पूरे रास्ते गुमसुम से हिसाब लगाते चलते हैं कि जेब में रुपया कितना था। फिर इस बात पर दुःखी होते हैं कि अपनौ पइसा तो ठीक है, तिलक में मिलौ पइसा तक लुटा दऔ। फिर उन्हें इस मुद्दे पर घर में होने वाले दंगे की याद आती है। फिर उन्हें लगता है कि काश! वे भी न्यौछावर लूटने वाली इसी भीड़ में घुस पाते ताकि घाटे की पूर्ति के साथ-साथ रात को होने वाली नशा-पत्ती की बैठक के लिए भी कुछ जुगाड़ जम सकता।

अत्यंत विचार-विमर्श के बाद उन्हें लगता है कि सारे मामले की जड़ यही लड़की वाले हैं। अतः वे बारात के लड़की के घर पहुंचने के पहले ही प्रचंड रूप धारण कर चुके होते हैं। हर एक को हड़काते हैं, हर बात में टांग अड़ाते हैं, लड़की पक्ष के हर आदमी में उन्हें न्यौछावर लूट लेने वाले की शक्ल दिखाई देती है। जिस बीच में लड़की पक्ष वाले जान जाते हैं कि लड़के का मौसा सबसे उपद्रवी है। अतः काउंटर डिफ़ेंस के तहत उनके उपद्रव को रोकने के लिए घर के सबसे बहरे बुजुर्ग को उन्हें मिडफ़ील्ड में कवर करने के लिए लगा दिया जाता है, जो निरंतर 'भाई साब-भाई साब' करके गंभीरता से उनकी बात सुनता रहता है।

इस तरह बारात विदा होने तक ये और इसी क़िस्म के कई जीव लड़कीवालों की छाती पर इतनी मूंग दलते हैं कि उसे ग़रीबों में बांट दिया जाए, तो एक महीने तक उन्हें खाने में कम से कम दाल की चिंता नहीं करनी पड़े। हालाँकि यदि कभी ऐसा हो भी गया, तो उस मूंग तक को ग़रीबों में नहीं बांटने देंगे बल्कि उसमें गाजर मिलाकर उसका हलुआ बनाने की फ़रमाइश रख देंगे, काए...? बाराती जो हैं थोड़ी न मान जाएंगे... तो ऐसी है हमारी ठसक उर्फ़ ठर्रापन।

हालाँकि संबंधों में ठर्रापन कहीं बाधक नहीं बनता। यही इस माटी की ख़ासियत है, यहां संबंध पीढ़ियों के होते हैं। आप कभी भी बुंदेलखंड जाएं तो कृपया लाइफ़ स्टाइल के इस अनिवार्य अंग को असभ्यता समझने की भूल न करें... अन्यथा, अन्यथा का...? जो सोचनै है सोच लो, करनै है सो कर लो...

14

राजनीति में अब सेवा की गुंजाइश नहीं बची है, भाई साब !

**पहले नेता टुच्ची सी राय भी रखते थे तो पब्लिक उसमें भी बुद्धिमानी तलाश लेती थी।
अब तो हर बात में मुश्किल है क्योंकि विपक्ष पूरी तरह से हरामीपने पर उतरा हुआ है।
ज़रा सा आरोप लगाओ तो वे भी आपके ख़िलाफ़ ज़्यादा सच्चे आरोप ले आते हैं।
मीडिया पीछे पड़ जाता है। इंटेलीजेंट बात कहो तो लोगों को परवाह नहीं है।**

चुनावी माहौल में, सियासीलाल मदहोश का पत्र अपने बड़े भाई इंकलाबनंदन जोशीले के नाम...

आदरणीय भाई साब, नमस्कार।

पूरा नापतौल लगाकर देख लिया है। अब राजनीति में सेवा की बहुत कम गुंजाइश है। पूरी मेहनत के बाद भी लाभ बहुत कम दिखाई दे रहा है।

आपके समय तो कैसा रामराज्य था। भ्रष्टाचार को बुरी आदत से ज़्यादा कुछ नहीं समझा जाता था। लोग भी मानते थे कि लत है जान दो। सो, जान देते थे। नेता सब करके आराम से रिटायर होते थे। पूर्वमंत्री वाला भाव मन में लिए खुशी-खुशी जीवन गुज़ारते थे। अब तो देखो नेता के सम्मान में जान जाती है।

पहले नेता टुच्ची-सी राय भी रखते थे तो पब्लिक उसमें भी बुद्धिमानी तलाश लेती थी। अब तो हर बात में मुश्किल है क्योंकि विपक्ष पूरी तरह से हरामीपने पर उतरा हुआ है। ज़रा-सा आरोप लगाओ तो वे भी आपके ख़िलाफ़ ज़्यादा सच्चे आरोप ले आते हैं। मीडिया पीछे पड़ जाता है। इंटेलीजेंट बात कहो तो लोगों को परवाह नहीं है। हद है इंसानियत की, सेवा करें न करें...! और तो और गालियां भी दो तो भाषा, संयम, मर्यादा की बातें सिखाई जाने लगती हैं। विपक्षी कुछ भी बकें। संयम हम बरतें।

आप ही बताओ, नारी कल्याण को समय दो तो भविष्य में एनडी सॉरी डीएनए का लफड़ा निकल आता है। आप तो दरवाज़े पर ही नचवा लेते थे। किसी के मुंह में जूता ठूंसकर गालियों के 10-10 राउंड फ़ायर कर देते थे, मज़ाल थी जो कोई पलटकर जवाब दे या इत्ता-सा भी छापे। अब तो हद दर्जे की बेशरमी है पलटकर जवाब देते हैं। लीडरों की इज्ज़त ज़रा-सा भी ख़याल नहीं रखना चाहते। आप ही बताओ, गुंजाइश कहां है। मुश्किल तो हमारी है भाई साब, ख़र्चे के लिए किसी से ज़रा-सा पैसा तक मांग लो तो स्टिंग हो जाता है। पता नहीं साले गड्डियों में कैमरे लगते हैं या नोट पर छपे बापू ही उन्हें बता देते हैं, देशसेवा की गुंजाइश ही नहीं छोड़ रहे हैं।

कुर्सियों पर नज़र गड़ाओ तो स्वार्थी, किसी को लंगड़ी मारो तो अवसरवादी, चमचे बनने की कोशिश करो तो स्तरहीन, चमचे बनाओ तो सामंती सोच रखने वाले की उपाधि मिलने लगती है। क्या करें भाई साब, साला सिधाई दिखाओ तो आस-पड़ोस के ही कहने लगते हैं कि इनका इलाज करवाओ। कड़े फ़ैसले लो तो तानाशाही का ठप्पा लगने लगता है।

साले विपक्ष को छोड़ो, खुद अपनी पार्टी के ऊपर वालों से बिगाड़ो तो टिकट काट देते हैं, नीचे वालों को नाराज़ करो तो गुटबाज़ी हो जाती है।

अब ऐसे में फ़ैसले तो रुके रहेंगे न, तब तपाक से निकम्मेपन का इल्ज़ाम लगा देते हैं। का करें, बिना सेवा करे हमें रोटी हज़म नहीं होती है। किस देश में जाकर करें सेवा, आप ही बताओ कहीं बची है सेवा की गुंजाइश...!

15

इस क्षण में कोई बनता है कवि

**इतना सुनाकर एक बार हांफे, दो बार खांसे,
तीन बार घड़ी देखी, चार बिस्कुट उठाकर मुंह में रखे,
पांचवीं बार में मेरी ओर निहारा।
उनकी इस प्रक्रिया के दौरान मैंने भी छह-सात बार
अपनी रुकी हुई सांसें लीं, बिस्कुटों पर हाथ लगाया, घड़ी देखी,
उठने को उद्यत हुआ ही था कि वे फिर शुरू हो गए...**

छह छंदमुक्त कविताएं सुना लेने के पश्चात सातवीं के लिए 'स्टार्ट' ले रहे थे। जीभ लपलपा रहे थे। पिछली टांगों... माफ़ कीजिए पैर से पैर खुजा रहे थे। ज्ञान की खूंखार चमक चेहरे पर थी। छह सुना लेने की प्रचंड संतुष्टि से आप्लावित दिखाई दे रहे थे। उनका घर इन क्षणों में अस्थायी तौर पर ख़ाली हो चुका था। माताजी दाईं ओर की अम्माजी का भेजा खाने निकल गई थीं। पिताजी जो खांसते-खांसते बलग़म थूकने गए तो नाले के पास चबूतरे पर ही आसनाधीन हो गए। उनकी पत्नी 'सदियों' तक उनके इस 'कृत्य' को सहन करने के पश्चात विद्रोह कर सुनने-सुनाने की इस व्यवस्था से बाहर निकल चुकी थी। बच्चे उनके पक्ष में बाहरी दरवाज़े पर इसलिए तैनात हो गए थे ताकि इस समय किसी भी बाहरी 'आक्रांता' को बैठक में जाने से रोका जा सके, जहां मैं टॉर्चर किया जा रहा था। घर भांय-भांय कर रहा था, हवा सांय-सांय कर रही थी, मेरी आत्मा हांय-हांय कर रही थी। पूरा माहौल गहन अनुभूति से भरा 'वैराग्यमयी' टच दे रहा था। पूरी स्थिति पुलिस की भाषा में 'कंट्रोल' में है, वाली ही थी। टीन-टप्परों से खंगालकर,

तकिया हटाकर, सोफ़े के नीचे हाथ डालकर वे अपनी कविताओं के सहमे से पन्ने खींच रहे थे, आंखों के सामने लाकर टारगेट सैट करते, फिर लाइनों पर लाइनें दाग़े जा रहे थे।

"ये लीजिए जनाब, एक और। शीर्षक है - लैटर बॉक्स..." उनकी आवाज़ सुनकर ऐसा लगा जैसे पानी फेंककर होश में लाया जा रहा हूं। फिर शुरू हो गए...

"लैटर बॉक्स, तुम और मैं...
लालिमा भरा गहन क्षितिज,
आत्मा की लाल सरगोशियां,
ज़िन्दगी के कुछ पत्र-पोस्टकार्ड,
रिश्तों के शब्द-अर्थ-शब्द
भावनाओं की स्याही, लाल-लाल
उसकी साड़ी-दुपट्टे का रंग लाल-लाल,
अच्छाई का रास्ता संकरा-संकरा,
अंदर लैटर बॉक्स जैसा विशाल संसार..."

इतना सुनाकर एक बार हांफे, दोबार खांसे, तीन बार घड़ी देखी, चार बिस्कुट उठाकर मुंह में रखे, पांचवीं बार में मेरी ओर निहारा। उनकी इस प्रक्रिया के दौरान मैंने भी छः-सात बार अपनी रुकी हुई सांसें लीं, बिस्कुटों पर हाथ लगाया, घड़ी देखी, उठने को उद्यत हुआ ही था कि वे फिर शुरू हो गए...

"बुराई के ढेर के बीच, अच्छाई का अंतरदेशी,
सदेच्छाओं का 'पता,' मोक्ष का टिकट लगा,"
पहला पन्ना, "भले कर्मों का खाता-बही,"
दूसरा पन्ना, "संसार के भंवर में नैय्या फंसी,"
तीसरा पन्ना, "पास बुलाता दुष्कर्मों का कोहरा,"
चौथा पन्ना, "लिप्सा-लालसाओं का जाल घना,"
पांचवां पन्ना...
इसके पहले वे कुछ बोलते मैंने निवेदन किया,
"अंतरदेशीय में तो चार ही पन्ने...!"

"कविता की आत्मा में 'तर्क' मत बैठाओ," वे बोले।

"कितने पन्ने अभी और बाक़ी हैं..." मैंने कहा।

वे पन्ने गिनने लगे।

मैंने कहा, "अंतरदेशीय में।"

"ओ... हो... हो...! मैं समझा मेरी कविताओं के बारे में," उन्होंने कहा।

"यार...! ये जीवन का सार टाइप की कुछ कविता है, आसानी से किसी के भेजे में नहीं घुसती।"

"तो उन्हें सुनाओ जो समझ लें," मैंने फिर उन्हें आवेदन प्रस्तुत किया।

"बस...! मनुष्यों में यही तो खामी है 'ज्ञान' की ज़रा-सी भी बात हुई नहीं कि वो संसार से पलायन करने लगता है," वाणी में खराश और सघनता का पुट देते हुए उन्होंने यह बात कही।

"सभी लोभ-लालच-लिप्सा में लिथड़े पड़े हैं, फिर भी सच्चाई से आंखें मूंदे।" अबकी बार उन्होंने खराश की मात्रा घटाते हुए बेस की मात्रा ज़्यादा कर दी, फिर वांछित प्रभाव जानने के लिए मेरी ओर देखा।

मैंने समझ लिया बहस करूंगा तो 'यातना का कालखंड' ज़्यादा बढ़ जाएगा। बोलने को ही था कि वे फिर बोल पड़े।

"इसी कविता को लो। लैटर बॉक्स जैसे क्षुद्र प्रतीक में भी जीवन की सच्चाई व्यक्त करने की ताक़त है, हम एक-दूसरे के इतने छिद्रान्वेषण में लगे रहते हैं कि संसार की मामूली से मामूली चीज़ों तक से शिक्षा ग्रहण नहीं कर पाते, इसी से तो मानव की इसे अधोगति हो रही है।"

"फ़िलहाल तो मेरी दुर्गति हो रही है," मैंने बोला ही था कि उन्होंने बिस्कुट मेरी तरफ़ बढ़ा दिए, फिर कहा - "दुर्गति तो जीवन के हर क्षेत्र में व्याप्त हो रही है। इसी पीड़ा को मैंने चार लाइनों में व्यक्त करने का प्रयास किया है।" सहमति-असहमति आदि-आदि बातों से वे कब का ऊपर उठ चुके थे। मेरे जवाब की प्रतीक्षा किए बिना ही शुरू हो गए।

"नवगति-अधोगति-दुर्गति।"

"मनुष्य की लाइफ़ स्टाइल की चेंजिंग पर है," सरलीकृत करते हुए उन्होंने बताया।

तो, "नवगति-अधोगति-दुर्गति

दर्द-दुःख-दारुण्य-आंसू"

"इसी क्रम से ये वेदनाएं बढ़ती हैं," उन्होंने इस बार दार्शनिक व्याख्या की।

"हां, तो दर्द-दुःख-दारुण्य-आंसू
प्रीत-पैसा..."

इस बार मैंने दार्शनिक व्याख्या की।

"प्याज...! तो नहीं?" मैंने कहा, "आंसू तो प्याज से ही आते हैं।"

"प्याज चल जाएगा। यह भी तो सुख-दुःख की पर्तों के बीच छुपे आंसुओं को ही बताता है। फिर कविता भी तो छंदमुक्त है। अब तुम मेरी बात समझने के 'सेम लेवल' पर आने का प्रयास कर रहे हो।" इस बार उन्होंने आवाज़ में खराश और सघनता के बीच कुछ 'पॉज' डाले।

"हां, तो नवगति-अधोगति-दुर्गति
दर्द-दुःख-दारुण्य आंसू
प्रीत-पैसा-पतंग"

"पतंग...!!" मैंने कहा।

"हां, रे हां, पतंगी काग़ज़ जैसी नश्वर देह, कुछ दिन माया-मोह की सांसारिक हवा पर ऊंचे-नीचे गोते खाती है, कुछ 'लोगों' की काट कर अपनी फिरकी पर अभिमान करती है, फिर सच्चाई के खंभे से उलझकर वास्तविकता की ज़मीन पर धड़ाम से गिर जाती है।"

"मंझा तेज़ हो तो" - मैंने दार्शनिक चर्चा में बहस की ज़गह निकालने की कोशिश की।

"हाथ भी कटेगा-गिरेगी ज़रूर, भले ही घड़ा भरने में कुछ समय लग जाए" - अब वाणी में उन्होंने ऊपरी वस्तुओं के साथ मिठास की अतिरिक्त मात्रा मिलाई।

फिर कहा, "नवगति-अधोगति-दुर्गति
दर्द-दुःख-दारुण्य-आंसू
प्रीत-पैसा-पतंग
ज़ालिमलोशन-ज़ालिमलोशन-ज़ालिमलोशन"

"छिः छिः...! कविता में अति आधुनिकतावादी घुसपैठ," उन्होंने कहा।

"नहीं जी, ये तो व्यवहारवादी अतिक्रमण की व्यवस्था है। प्रैक्टिकल एप्रोच," मैंने सफ़ाई दी।

"इसी व्यवहारवादी सोच के कारण ही तो पतन हो रहा है। नैतिकता का लोप हो रहा है, जो कहीं ज़रा-सा भी फटा पायजामा देखता है अपनी टांग घुसेड़ने लगता है, फिर भाइयों के पैर। अंततः भतीजों के पांव डालकर पांयचे को पूरी तरह फाड़ देता है। इस तरह यह व्यवहारवादी सोच व्यवस्था को ज़ालिम, मजलूम को असहाय, बली को बाहुबली-धनबली बनाने की दिशा में परिवर्तित हो जाती है।" अबकी बार उन्होंने दार्शनिकतावाद में सर्वहारावाद को मिक्स कर व्यवहारवाद की उत्कृष्ट व्याख्या कर डाली। फिर दोबारा 'मेन लाइन' में गाड़ी डालते हुए बोले - "मुद्दे से ध्यान मत भटकाओ बंधुवर, पहले चार लाइनें पूरी करने दो।" फिर कुछ तेज़ आवाज़ में स्टार्ट हो गए, ताकि मैं फिर किसी 'वाद' को बीच में ना ला दूं।

"नवगति-अधोगति-दुर्गति
दर्द-दुःख-दारुण्य-आंसू
प्रीत-पैसा-पतंग
चिदंबरम-चिदंबरम-चिदंबरम"

"हें...!" मैं गिरते-गिरते बचा। "ये कैसी कविता है," मैंने कुछ प्रतिवादनुमा सा स्वर निकाला।

"छंदमुक्त-बंधमुक्त-गंधमुक्त, जीवन में महक फैलाने वाली" - उन्होंने फिर रहस्यात्मक दार्शनिक व्याख्या की।

"ये कैसी कविता है, जो जीवन की दार्शनिकता-सांसारिकता की विवेचना करते-करते वित्तमंत्री चिदंबरम पर ख़तम होती है?" अपने प्रतिवाद को मैंने विस्तार दिया।

"जानो-समझो-परखो! ये कोई मामूली कविता नहीं है, इसमें सार छुपा हुआ है-जीवन सार।" उन्होंने फिर कुछ रहस्यात्मक आवाज़ में बताया।

"जीवनसार..."

"हां, जीवनसार... पहली लाइन में बात है लाइफ़ स्टाइल चेंजिंग को लेकर, दूसरी लाइन बात करती है वेदनाओं के बढ़ते चले जाने की। फिर तीसरी लाइन में संसार की निस्सारता के बारे में गूढ़ बात की गई है। चौथी लाइन में जीवन की वास्तविकता की बात कही गई है।" वे फुसफुसाए।

"क्या वास्तविकता!!" मैंने उनसे सरल भाषा में विवरण की मांग रखी।

"देखो, शेयर मार्केट में पैसा लगाओगे, फिर महंगाई बढ़ेगी। शेयर गिरेंगे, पैसा डूब जाएगा, लाइफ़ स्टाइल चेंज हो जाएगी, दुःख पर दुःख मिलने लगेंगे। अर्थात् क्रम से वेदनाएं बढ़ेंगी तो संसार तो नश्वर लगेगा ही। बोलो सच है कि नहीं?" उन्होंने और सरलीकृत ढंग से समझाया।

"फिर इनके पीछे ज़िम्मेदार कौन हैं? चिदंबरम, वित्तमंत्रीजी - बोलो है कि नहीं?"

"हां, हैं तो... फिर?"

"फिर क्या मानव को वैराग्य की दिशा में ले जाएं - मोक्ष के बारे में सोचने पर विवश करें। उस महान आत्मा से ज़्यादा और किसके नाम से आमजन की इस पहली वास्तविक कविता का समापन किया जा सकता है," उन्होंने 'विस्तारवादी' तरीक़े से बात समेटी।

"लेकिन गुरु, इतनी महान वास्तविक रचना का आइडिया आसपास में आया कहां से?" मैंने उठते-उठते जानना चाहा।

"शेयर मार्केट में 5 लाख गंवाने के बाद!" कहकर वे उठे और बच्चों को दरवाज़ा छोड़कर बाहर खेलने के आदेश देने में व्यस्त हो गए।

16

बादलों! पकौड़ा पिपासुओं पर तरस खाओ

माना कि सबका स्वार्थ है।
मेरा स्वार्थ तो क्षुद्र है। तुम बरसोगे तो सौंधी-सी ख़ुशबू आएगी।
दोस्त मिलेंगे, परिवार बैठेंगे। मिलकर पकौड़े खाए जाएंगे तो
संबंध हरियाएंगे। संबंध हरियाएंगे तो
तुम्हारी आंखों से नेह बरसेगा। तो मेह बाबा धरती पर
हरियाले संबंध को देखने के लिए
तुम्हारा बरसना ज़रूरी है, जिस तरह मेरा पकौड़े खाना।
बाबा बरस जाना, प्लीज... पकौड़ों की ख़ातिर।

इधर कुछ दिनों से बादलों पर मेरी नज़र है। नज़र इसलिए है कि इधर वे बरसें, उधर मैं पकौड़े खाऊं। बादलों और पकौड़ों का बड़ा गहन संबंध है। बिलकुल वैसा ही, जैसा घोड़े का चने, चने का बेसन, बेसन का पकौड़ों से होता है, जन्म-जन्मांतरों का।

बारिश के दिनों में यह संबंध पूरी तरह से धुल-पुंछकर निखरे रूप में सामने आता है। किसी उत्सव की तरह मेरी ज़िन्दगी में बदरी-बेसन-पकौड़ों-चटनी का उत्साह हिलोरे लेने लगता है। प्रकृति और चटोरेपन पर कई एंगलों से कविता करने का मन करने लगता है।

चने के बेसन बनने और बेसन के पकौड़ों के रूप में मुंह तक जाने की प्रक्रिया के अर्थशास्त्रीय विवेचन पर दिमाग़ चलने लगता है। पकौड़ों की प्लेट

के साफ़ होते ही मन अध्यात्म की दिशा में रमने लगता है। पेट के आंतरिक जगत का बाह्य जगत से सीधा समीकरण बनने लगता है...

तो इतने गहरे समीकरण के तहत मेरी बादलों पर नज़र है। गहरी नज़र है। बादल हैं कि बरस नहीं रहे हैं। पकौड़े के वियोग में मेरी आंखें हैं कि पथरा रही हैं। दिल है कि जार-जार पुकार रहा है। अरे, अत्याचारियों, बरस क्यों नहीं रहे हो? जल से भरे हो, लेकिन पनियलपना दिखा रहे हो। क्यों आदमी और पकौड़ों के बीच आ रहे हो? आख़िर इतने भरे मौसम में तुम्हें एक पकौड़ा पिपासु मनुष्य पर तरस नहीं आ रहा है? ज़रा-सा बरसोगे तो आत्मा का जिह्वा से मिलन हो जाएगा, तुम्हारा क्या जाएगा?

कैसी निष्ठुरता दिखा रहे हो? इतना सूखापन तुम्हें शोभा नहीं देता। आदिकाल में तो विरहिणी यक्षिणी के लिए घनघोर 'मेघदूत' हो गए थे। मध्यकाल में 'तानसेन' पर न्योछावर होकर रिमझिम तान छेड़ते थे। अब क्यों वियोगी को तरसा रहे हो?

कोई तुमसे झमाझम की मांग तो कर नहीं रहा हूं, बस इतना बरस जाओ कि कढ़ाई चढ़ सके, पकौड़े तल सकें, हम चटनी के संग निगल सकें। इतनी दयालुता तो आफ़्टर आल होनी ही चाहिए।

पहले प्रेमी जैसी तासीर रखते थे, अब क्यों पति जैसे निष्ठुर हो रहे हो? बीच में तुमने कब ये कलाबाजियां सीख लीं? पहले तुम बड़े क़ायदे से आते थे, क़ायदे से जाते थे, तरीक़े से बरसते थे, नफ़ासत से खिसकते थे।

बड़े-बूढ़े तक तुम्हारे साथ इतनी बढ़िया ट्यूनिंग बिठा चुके थे कि तुम्हारा रंग बदला, इधर उन्होंने दालान से हांक लगाई, उधर कल्लू की अम्मा पकौड़े की प्लेट लिए दौड़ी चली आईं। मज़ाल है तुमने कभी निराश किया हो। ख़ूब बरसते थे। इतना पानी-पानी कर देते थे कि फिर बब्बा-कक्का सालभर का कोटा पूरा कर लेते थे।

अब क्यों गुस्साए हो? तुम आ रहे हो, जा रहे हो, बस, भिगो नहीं रहे हो। पकौड़े से तुम्हारी निजी दुश्मनी हो गई है कि हमारी पीढ़ी से नाराज़ हो? बताते क्यों नहीं कि ग्रीनहाउस गैसों पर गरमा रहो हो। प्रकृति से खिलवाड़ पर ख़फ़ा हो। जलती निगाहों से कटते जंगलों को घूर रहे हो।

माना कि आदमी के जंगलीपन से ख़फ़ा हो, लेकिन मासूम पकौड़ों ने तुम्हारा क्या बिगाड़ा है, कुछ तो बताओ। धरतीपुत्र किसान तुम्हारी तरफ़ ताक

रहे हैं। हैंडपंप पर बर्तनों के ढेर लगाए ग़रीब तुम्हें भांप रहे हैं। गरमी से हलाकान आदमी कांप रहा है।

माना कि सबका स्वार्थ है। मेरा स्वार्थ तो क्षुद्र है। तुम बरसोगे तो सौंधी-सी खुशबू आएगी। दोस्त मिलेंगे, परिवार बैठेंगे। मिलकर पकौड़े खाए जाएंगे तो संबंध हरियाएंगे। संबंध हरियाएंगे तो तुम्हारी आंखों से नेह बरसेगा।

तो मेह बाबा धरती पर हरियाले संबंध को देखने के लिए तुम्हारा बरसना उसी तरह ज़रूरी है, जिस तरह मेरा पकौड़े खाना। देखो निराश मत करना, बाबा बरस जाना, प्लीज... पकौड़ों की ख़ातिर।

17

कस्बाई कवि सम्मेलन वाया फ़्लैशबैक

**हमारे कस्बे में जो थोड़ा-बहुत भाईचारा है,
उसके पीछे इन्हीं कवि सम्मेलनों का हाथ है।
हालाँकि मस्तान भाई इसके पीछे अपना हाथ-पांव और हिसाब का
रजिस्टर बताते थे, प्रूफ़ के तौर पर चाय, मूंगफली,
दूध की मात्रा तक की जानकारी देने लगते थे।
कोई असहमत होता था, तो वे जिन भैंसों के दूध से चाय बनी
है, उन तक से गवाही दिलाने को तैयार हो जाते थे।**

पहले क्या कवि होते थे, क्या कविताएं होती थीं, क्या कवि सम्मेलन होते थे, क़सम से। वाह...! वाह...!!

तय करना मुश्किल होता था कि ऐसा सुनाने वालों के पहले दांत तोड़ें कि ऐसा नामुराद लिखने वालों के हाथ कि आयोजकों को ही लंगड़ा बना दें। हालाँकि तीनों में से ज़्यादा ज़ालिम सज़ा के बारे में सोचने के दौरान कविता पूरी हो जाती थी। बदला लेने का इरादा अगले कवि सम्मेलन के लिए टाल देना पड़ता था।

हमें हमारे कस्बे के कवि सम्मेलनों की याद है। मंच तक क्या ख़ूब बनाए जाते थे। चार तख़्त जोड़ दिए, आगे पीछे छोटे-बड़े तख़्त, उन पर फ़र्स्ट क्लास और बालकनी में कुछ कवि। पांच गद्दे डाल दिए, सुविधा के हिसाब से ज़रूरत पड़ने पर चाहे बाल नोचो या गद्दे की रुई। कहीं से

जोड़जाड़ के सात-आठ कविवर पकड़ लिए, बस कवि सम्मेलन रेडी टू स्टार्ट।

जनता में ऐसे कवि सम्मेलन काफ़ी पॉपुलर थे। सालभर की मार-पिटाई, गाली-गलौज का कोटा एक बार में ही पूरा कर लिया जाता था। बाजूवाले से बहस, पीछेवाले से लड़ाई, दोनों ही मौक़े नहीं मिले तो आयोजकों को ही लपका दिया। इन सारे अवसरों के हाथ नहीं आने की स्थिति में कवि तो हैं ही, वे कहां बच पाएंगे।

लोगों का अपना सिटिंग अरेंजमेंट भी अद्भुत था। घर से बोरी लाए, बिछा ली। साइड में 500 ग्राम मूंगफली रख लीं। खाते गए, कवियों को दाद देते गए। ज़्यादा जोश आने पर सीटी मार दी। बीच-बीच में मूंगफली के छिलके बाजूवाले की बोरी के नीचे खिसकाते गए। लघुशंका को गए बाजूवाले ने अपने छिलकों सहित उनका कंसाइनमेंट वापस ट्रांसफ़र कर दिया। वापस आने पर गर्भवती महिला जैसा बोरी का पेट देखने पर बांछें खिल जाती थीं कि सालभर से जिस मुक़ाम का इंतज़ार था, वो आ गया है। बाजूवाले से इतने सात्विक तरीक़े से रिश्तेदारियां जोड़ी जाने लगती थीं कि वो भी बदले में और ज़्यादा निकटतम रिश्तेदारियों पर बल देना शुरू करता था।

आसपास के लोग भी इन नवीन रिश्तेदारी गठबंधन समारोह के भव्य अवसर पर आशीर्वाद देने प्रस्तुत हो जाते थे। बाद में स्वयंसेवकनुमा कुछ चीज़ों की मदद से दोनों रिश्तेदारों को आयोजन स्थल से नज़दीक ले जाकर एकांत वार्तालाप करने के लिए छोड़ दिया जाता था। जिस पर वे थोड़ी देर में फिर हमारी बोरी वापस लौटाओ की गुहार लगाते वापस आकर जम जाते थे। इन रूटीन क्रियाकलापों के बीच कवि सम्मेलन निर्बाध गति से चलता रहता था।

वीररस का कलूटा कवि और शृंगार रस की सुंदर कवयित्री सबसे ज़्यादा दाद पाते थे। हर बरस आने वाली ऐसी ही एक कवयित्री से जनता दर्जनों बार सुनाई जा चुकी कविता सुनाने की फ़रमाइश करती थी, जिसे वे नजाकत से स्वीकार करती थीं। हालाँकि वो बात अलग है कि अगर फ़रमाइश नहीं भी की जाती तो भी वे वही कविता सुनातीं, क्योंकि उन्होंने अपने जीवन में एक ही बेहतर कविता लिखी थी। कवि सम्मेलन में तो उनकी गाड़ी उनके रूप-रंग की वजह से खिंच रही थी। आयोजकों से लेकर भीड़ तक सभी को ये रहस्य मालूम था। बस उन्हें ही लगता था कि जनता उनके पिया-जिया, बदरा-गगरा, रैना-नैना जैसी कालजयी शब्दों की तुकबंदी पर बिछी-बिछी जा

रही है। लोग हर लाइन से पहले आगे के शब्द दोहराते थे। इतनी चिल्लपों मचती थी कि ऐसा लगता था कि वे मंच पर बोलने और गाने के बीच की कोई हरकत कर रही हैं। पांच-सात मिनट के बाद जब वे चुप हो जाती थीं तो कविता पढ़ी हुई मान ली जाती थी।

मूलतः वे थीं तो मास्टरनी लेकिन उन्हें उनकी इस इकलौती कविता ने क्षेत्र में भारी प्रसिद्धि दिलवाई थी। शहर से गांव के स्कूल में पढ़ाने आते समय वे हर दिन, हर एक को इतनी बार ये कविता सुना चुकी थीं अब तो गांव आते समय बस में उन्हें आराम से सीट मिल जाती थी, क्योंकि उन्हें देखकर हर कोई आपनी सीट ऑफ़र करता था, ताकि सीट भले ही चली जाए, उनकी कविता सुनने से जो आत्महत्या करने की स्थिति बन सकती थी, उससे तो बचा जा सके। तो इस समीकरण के तहत हर कोई उन्हें अपनी सीट देने का तत्पर रहता था।

अपनी इतनी प्रलयंकारी कविता से प्राप्त ख्याति के बाद वे 'बदरा-गगरा-मैडम' ही कहलाने लगीं थीं। बच्चों तक को यह कविता इतनी शिद्दत से याद हो गई थी कि उनके कई पुरुष प्रशंसकों का मानना था कि इस कविता को स्कूल की प्रार्थना बना देना चाहिए। कुछ ने तो इसके लिए आंदोलन चलाने तक की तैयारी कर ली थी, चंदा तक जोड़ लिया गया था। बाद में आंदोलन तो नहीं चल पाया, तो इसी चंदे से एक कवि सम्मेलन का आयोजन करवाया गया। जिसका नाम ही 'बदरा-गगरा पावस कवि सम्मेलन' रखकर उनकी कालजयी रचना को इतिहास में मील के पत्थर के रूप में कहीं गड़वाया गया था। तो इस तरह से वे हर कवि सम्मेलन की जान थीं, आयोजकों के लिए भीड़ खींचने का सामान थीं।

उन्हीं की तरह वीररस के कवि धरतीमल 'धमक' काफ़ी प्रसिद्ध थे। धरती को हिला देने वाली काया पर तरबूजे की तरह सिर भी रखते थे। उनके सिर और धड़ का जिक्र आया है, तो मुंह का उल्लेख भी आवश्यक है। तो वे मुंह भी रखते थे। इसी मुंह में वे जीभ भी रखते थे, जो दांतों के पीछे रहती थी। दांतों और इस तंतु की सहायता से वे पान भी खाते थे। दांत नक़ली थे। कई ढीले दांतों को वे सुपारी मानकर खा चुके थे। जिस पर उन्होंने पान वाले बताया भी था कि यार, आजकल छालिया पत्थर की तरह आने लगी है, जिसे खाना उन जैसे पत्थर के दांतों वाले के ही बूते की बात है। तो जिस चीज़ से उनके पान खाने का जिक्र चल रहा है, उसकी सहायता से वे वीररस की

कविताएं रौद्र रूप में सुनाते थे, जिसे कई जलनख़ोर वीभत्स रस की कहते थे।

वे कविता सुनाने से पहले हर बार बताते थे कि इतनी ख़तरनाक कविता को वे अपनी जान जोखिम में डालकर सुना रहे हैं। जिस देश के ख़िलाफ़ यह कविता है, उसके जासूस उन्हें ख़तम भी कर सकते हैं। 20-22 सालों से लोग उन्हें लगातार यह कहते सुन रहे थे। हालाँकि ऐसा कहने का असर यह होता था कि लोग बड़े ही गंभीर अंदाज़ में उनकी यह कविता सुनते थे, कि आख़िर कौन-सा देश है। पूरी सुनने के बाद भी उनकी कविता में ना तो किसी देश का जिक्र मिलता था ना ही किसी आदमी का।

कई सीनियर क़िस्म के लोगों ने उनसे जानने की कोशिश भी की थी कि वे किस देश का जिक्र कर रहे हैं, जिससे उन्हें ख़तरा है, तो बस वे मुस्करा के रह जाते थे। इस मुस्कान का मतलब यह लगाया जाता था कि वे अभी तक तय नहीं कर पाए हैं कि पाक या चीन दुनिया के नक़्शे में जहां हैं क्या वास्तव में वहीं हैं।

तो जब तक वे इन देशों की भौगोलिक स्थिति के बारे में निश्चिंत नहीं हो जाते, वे किसी भी देश का नाम तथ्यात्मकता के मद्देनज़र नहीं लेना चाह रहे हैं। जबकि कुछ का तो मानना था कि पड़ोसी देश का नाम लेते समय अपने निजी पड़ोसी के घर की बात करते हैं, जिसका उनसे इसी कविता के रियाज के चलते पुश्तैनी झगड़ा बंद चुका है। उन्हें देखकर ही वो कुल्हाड़ी उठाने लगता है। दोनों ही बातों के बीच रहस्य हर बार रहस्य ही रह जाता था क्योंकि ना तो वे बता पाने में सफल हो पाते थे, ना ही लोग जान पाने में।

वे कविता सुनाते समय इतने हाथ-पांव फटकारते थे कि मज़बूत से मज़बूत तख़्त भी धराशायी हो जाता था। जिस पर लोगों ने उनका नाम ही 'धमक' रख दिया था। उनके कविता सुनाते समय आगे की लाइन में बैठने में लोग डरते थे कि पता नहीं किस जोशीले तरन्नुम में वे सामनेवालों पर कूद पड़ें। कई बार तो जोश में माइक को स्टैंड सहित ही तलवार की भांति भांजने लगते थे। उनकी यह आदत तभी छूट पाई, जब एक-दो बार टैंटवाले ने माइक ख़राब करने पर आयोजकों की तरफ़ से मिली पूरी राशि छीन ली थी या माइक में करंट आने के चलते झटका खाकर आयोजकों पर ही लोट गए थे।

उनके अलावा हास्यरस के एक कवि बसंतीलाल 'पिनपिने' भी हर बरस कवि सम्मेलन में उपस्थित होते थे। अपनी पिनपिनाती आवाज़ में हास्यरस की कविताएं सुनाते थे, जिस पर लोगों को केवल साउंड क्वालिटी के आधार पर ही दाद देने का कार्य संपन्न करना होता था। कविता सुनाकर वे खुद ही इतना ज़ोर से हंसते थे कि लोगों को स्वाहा कब कहना है, की जानकारी मिल जाती थी। लोगों को तो केवल उनकी कविता का शीर्षक ही सुनाई देता था, वह भी इसलिए कि आयोजकों की तरह से मंच की अध्यक्षता कर रहे कवि महोदय यह शीर्षक बोलकर ही उन्हें मंच पर कविता सुनाने की दावत देते थे। पहले वे मूलतः श्रृंगार रस के कवि थे और गांव के पनघट पर काफ़ी जाते थे, जिसका उद्देश्य उनकी नज़र में नायिका के नख-शिख के वर्णन के लिए कच्ची सामग्री की आपूर्ति था। दूसरों की नज़र में इसका मतलब दूसरा था, जिसे यहां लिखा नहीं जा सकता है। इसी आने-जाने के क्रम में वे किसी नायिका के नख-शिख में इतने डूब गए थे कि वे ही बाद में उनके जीवन में बहार बनकर छा गई थीं। पनघट से पानी भरने का काम बाद में पिनपिने जी के ज़िम्मे आ गया था।

वहीं से सिर पर घड़े लादते और महिलाओं से गप्पें लगाते-लगाते उनके स्वरतंत्र में महिलाओं की नजाकत आ गई थी। महिलाओं जैसी गोपनीय बातों को जब वे पुरुष वर्जन में बोलते थे, जो सामग्री बाहर आती थी वह पिनपिनी क़िस्म की होती थी। सो वे पिनपिने कहलाने लगे थे। श्रृंगार से हास्य में शिफ़्ट होने पीछे मामला कुछ यूं था कि उनकी श्रृंगार रस की कविताएं जब लोगों की समझ में आती थीं, तो वे उस पर इतना ज़ोर-ज़ोर से हंसते थे कि कई हास्य रस के कवि तक भय रस की शरण में जाने को मजबूर हो जाते थे। इस पर हास्यरस के विरोधी एक कवि ने उन्हें अपनी क्षमताएं पहचानने की सलाह देकर नैसर्गिक लेखन की तरफ़ मोड़ा था। जिसके चलते उन्होंने अपनी प्रतिभा पहचानी थी।

आज भी लिखते श्रृंगार रस की कविताएं ही थे जिन्हें सम्मेलनों में हास्य की कहकर पढ़वाया जाता था। केवल आवाज़ के दम पर ही कोई कवि कितना पॉपुलर हो सकता है, पिनपिने जी इसका जीवंत उदाहरण थे। उनकी आवाज़ ही उनकी कविता की सारी खामियां ढँक लेती थी। जनता उनकी आवाज़ और कविता सुनाने की शैली पर हंसते-हंसते लोटपोट हो जाती थी। उनकी आवाज़ कितनी अद्‌भुत थी, इसका पता मंच पर बैठे लोगों को भी

जभी चलता था जब वे एकाएक कविता पूरी कर तख़्त पर बैठ जाते थे। सबसे ज़्यादा दाद उन्हें महिला श्रोताओं की ओर से मिलती थी, जो पनघट वाली शैली को मंच पर प्रतिष्ठित करवाने के युगांतरकारी काम को लेकर उनकी ज़बर्दस्त प्रशंसक थीं और पनघट से ही पुरानी जान-पहचान के कारण कवि सम्मेलन में भी चली आती थीं।

इनके बीच समुद्र से लहरों की तरह मदहोश नामक एक कवि प्रकट होकर कविताएं सुनाते थे। उनके बारे में उनके सहित बाक़ी लोग तय नहीं कर पाए थे कि उन्हें रस के आधार किस श्रेणी में वर्गीकृत किया जाए। श्रेणी के निर्धारण के काम को जनता पर ही छोड़ दिया जाता था। हालाँकि वो बात अलग है कि उन्हें किसी भी श्रेणी में रखा जाता, वे इतने प्रतिभाशाली पाए जाते थे कि हर रस की विशेषताएं रखते थे। जो विशेषताएं रचना में नहीं आ पाती थीं, वे उनमें निजी तौर पर थीं यानी वीररस की। लड़ने के प्रति वे इतनी अदम्य इच्छा रखते थे कि हर बरस आयोजकों से लड़े बिना वे कविताएं पढ़ा ही नहीं करते थे।

अपने पारिश्रमिक का मामला निपट जाने के बाद वे दूसरे कवियों की तरफ़ से प्रस्तुत हो जाते थे। उनका भी मामला निपट जाए तो टैंटवालों के लिए उनके दिल में दया उमड़ आती थी। आयोजन में हर बरस उनकी शिरकत के पीछे उनके इसी गुण का हाथ बताया जाता था। इतने क्रियाकलापों के बाद वे बेचारी जनता के लिए व्यवस्था को ललकारते थे। यह काम वे इतना इमोशनल होकर करते थे कि दूसरी लाइन के बाद आगे की पंक्तियां भूल जाते थे। जिस पर वे तत्काल याद आई अपनी ही किसी कविता की लाइनें जोड़कर सुना देते थे। कई बार अपनी कविता की लाइनें याद ना आने पर दूसरे कवि की कविता से यह सामग्री उधार लेने में संकोच नहीं करते थे।

कई बार तो वे इसी कवि सम्मेलन के किसी पूर्ववर्ती कवि की लाइनें भी रिपीट करने लगते थे, यहां तक कि आगे की लाइनें भी उसी से पूछ लेते थे। वे अपनी समाजवादी और सर्वहारावादी प्रवृत्ति के चलते मानते थे कि इन्टलेक्चुअल प्रॉपर्टी पर सबका बराबरी का अधिकार है। साहित्य में तो आजकल ऐसी उधारी ज़बर्दस्त ढंग से चल रही है। बल्कि उनके तो विचार थे कि ऐसे लेन-देन को चोरी जैसे नाम से असाहित्यकार लोग ही पुकारते हैं। उनकी ऐसी बहुरंगी कविताएं ख़ूब लोकप्रिय थीं। उनकी एक मिक्स कविता को प्रचंड तौर पर ख्याति प्राप्त थी। जिसकी लाइनें थीं :

"भींच लो मुट्ठियां, सिर उठाओ
भींच लो मुट्ठियां, सिर उठाओ
इंकलाब लाओ, इंकलाब लाओ
विरहा की बेला है, नैना भर लाओ
परदेस हैं बालम, सखी नैना भर लाओ
इंकलाब लाओ, इंकलाब लाओ
ज़ालिम वक्त है, झुलसती तमन्ना
कोई तो उम्मीद का गुलशन खिलाओ
इंकलाब लाओ, इंकलाब लाओ
पंछियों का कलरव, चहकता पनघट
खुशियों की गागर, सपनों का जल
विवाह की तिथि, कोई तो नज़दीक लाओ
इंकलाब लाओ, इंकलाब लाओ"

इसी कविता को सुनाने के दौरान एक बार तो उन्होंने मंच पर बैठे स्थानीय शायर बदरुद्दीन 'फुरकत' से उनका काग़ज़ ही छीन लिया था। यहां से आगे की लाइनें वहीं से थीं :

"कोई मंजर सता रहा है उसे
'फुरकत' कोई अजनबी बुला रहा है उसे
आते-जाते, आते-जाते
जाते-जाते, आते-आते"

(बीच में दर्शकों में से आवाज़ भी आई कि कोई उधारी वसूलने वाला है, जो वह बुलाए चला जा रहा है, ये जाने का नाम नहीं ले रहा है। हालाँकि उन्होंने इसका बुरा ना मानते हुए दाद की तरह स्वीकार किया।)

इतने में भीड़ चिल्लाने लगी कि "इंकलाब लाओ, इंकलाब लाओ, कहीं से कुछ भी उठाओ लेकिन साहब हमारे लिए इंकलाब लाओ।" इस बात पर वे फिर यू-टर्न मारकर मूल कविता पर लौट आए।

"भींच लो मुट्ठियां, सिर उठाओ
भींच लो मुट्ठियां, सिर उठाओ
इंकलाब लाओ, इंकलाब लाओ"

पांच मिनट तक इंकलाब लाने के बाद उन्हें इसके आगे की लाइनें याद हो आईं। जो आपको नज़र हैं।

"सड़कों पर निकलो, तख़्तियां उठाओ
रैली बनाओ, सितमगरों को माटी में मिलाओ
पत्थर मारो, झंडे लहराओ
इंकलाब लाओ, इंकलाब लाओ"

जब वे पर्याप्त मात्रा में इंकलाब ला चुके, तो आगे की दर्शक दीर्घा में बैठे कई इंसान मचलने लगे। वे दूसरे दिन ऑफ़िस में रूटीन कार्यों के माध्यम से जनता को इंकलाब दिलवाने के महान उद्देश्य के तहत घरों की ओर निकलने की सोचने लगे। तभी आयोजकों ने उनकी क्रांति को विराम दिलवाया। बड़ी मुश्किल से कुछ वरिष्ठ या बलिष्ठ कवियों की मदद से उन्हें घसीटकर बैठाया गया था।

अब की बार जो कवि क़िस्म के इंसान खड़े हुए वे चट्टान सिंह 'नाज़ुक' थे। शरीर से चट्टान, दिल से नाज़ुक थे। नाज़ुक इसलिए कि दिल की दो बायपास सर्जरी करवा चुके थे। इसलिए उन्हें कवि सम्मेलनों में तभी खड़ा किया जाता था जब स्थिति नियंत्रण में होती थी। अन्यथा तो वे स्वयं कविताओं को सदन पटल पर रखकर इतिश्री मान लेते थे। वे नजाकत से इतनी मरी-मरी आवाज़ में कविताएं सुनाते थे कि जनता तक उन्हें ढोकर ले जाने का काम मंचस्थ कवियों को ही करना पड़ता था, साथ में 'वाह! वाह!' की ताल अलग से मिलानी पड़ती थी।

कविता सुनाते समय वे लगातार एक हाथ दिल पर रखे रहते थे। उनका मानना था कि वे ऐसा दिल को संभाले रखने के लिए करते हैं। भाईलोगों का मानना था कि वे ऐसा बटुए को संभाले रखने के लिए करते हैं। आयोजकों और मंचस्थ कवियों पर उन्हें ज़रा भी भरोसा नहीं है। कविता सुनाते समय वे कई प्रकार की और भारी मात्रा में बीमारों वाली कराहने की आवाज़ें निकालते रहते थे। जो उनके हिसाब से उनकी स्टाइल थी, जनता के लिए मनोरंजन का साधन थी, डॉक्टरों के लिए उनकी तीसरी बायपास की तैयारी थी। किस लाइन के बाद वे आह, ऊह, आउच निकालेंगे इस पर श्रोताओं में 100-200 ग्राम मूंगफलियों की शर्त लग जाया करती थी।

संपन्न क़िस्म के श्रोता 5-10 रुपए तक की ठान लेते थे। जीतने वाला एक-दो रुपए उनकी मेहनत पर उन्हें भी नज़र करता था। कविता से ज़्यादा कमाई इस गतिविधि पर हो जाया करती थी। इस राज़ का पता चलने पर उन्होंने फ़िक्सिंग पर भी हाथ आजमाया था। अपनी वाली पार्टी के इशारे पर हाथ उठाकर 'आह, ऊह' की आवाज़ निकालते थे।

बाद में तो उन्होंने जितनी मेहनत कविता से स्थान पर कराहने में ज़्यादा दर्द घोलने में की थी, उतनी मेहनत हिन्दी कविता के इतिहास में कोई दूसरा कवि कभी कर ही नहीं पाया, तो इस दिशा में उनका योगदान अतुलनीय था। बाद की तो उनकी कविताएं 'आह, ऊह, आउच, दिल के तार पर, तन की तान' सरीखी हो गईं थीं। जिसमें वे एंजियोग्राफ़ी और बायपास जैसे नवीन प्रयोगवादी शब्दों का मिश्रण भी करते रहते थे। उनका तो यहां तक मानना था कि इसी कविता से प्रभावित होकर ही आयोडेक्स वालों ने अपना विज्ञापन 'आह, ऊह, आउच। आयोडेक्स मलिए, काम पर चलिए,' बनाया होगा। हालाँकि इस तथ्य की कभी पुष्टि नहीं हुई और उन्होंने भी जनता की भलाई की दृष्टि से कभी आयोडेक्स वालों से इसकी रॉयल्टी नहीं मांगी।

अपनी इसी कविता की बदौलत वे रात के तरन्नुम में रूमानियत घोलते थे। सोने-सोने की दशा में पहुंच चुके श्रोताओं को चैतन्य कर देते थे कि एक रोगी जाग रहा है, कराह रहा है, तुम आजकल के घरवालों जैसा, कैसे सो सकते हो। बाद में वे एक फ़िल्म में भी दिखे। जो स्वास्थ्य मंत्रालय ने लोगों को जागरूक करने के लिए बनवाई थी। उसमें इन्होंने खांसने वाले बुजुर्ग की भूमिका इतनी शिद्दत से निभाई थी कि फ़िल्म के बाद तीन महीने तक सिर्फ़ खांसते रहे थे। पूरे अंचल में कोई भी कवि कभी उनकी 'आह, ऊह, आउच और ठाऊं..., ठाऊं... ठुल्ल..., ठुल्ल...' रोगियों को समर्पित कविता और खांसी को समर्पित भूमिका की नक़ल नहीं कर पाया था। बाद में जब वे स्मृति शेष हुए तो उनकी समाधि के पास से गुज़रते समय कई लोगों को 'ठाऊं..., ठाऊं..., ठुल्ल..., ठुल्ल...' की आवाज़ें आने का भ्रम होता रहा। जिस पर गांववालों ने इसे उनकी अंतिम इच्छा मानते हुए, उनकी समाधि पर स्थायी तौर पर उकेरवा दिया था।

कवि सम्मेलन के अंत में आयोजकों में से मस्तान भाई भी कविता पढ़ते थे। अन्यथा तो उनकी ड्यूटी बाहर से आने वाले कवियों को स्टेशन से

लाने, खाने-पिलाने की व्यवस्था देखने, रात को सही-सलामत कवि सम्मेलन तक पहुंचाने की होती थी। वे ही कवियों को होटल पहुंचाकर सम्मेलन से पहले की पूरी 'तैयारी' करवाते थे। जब सारे कवि तैयारियां करके 'टुन्न' हो जाते थे तो जनता को उनके रहमोकरम पर छोड़ दिया जाता था। कई कवियों की तैयारियों का 'लेबल' इतना उच्चस्तरीय था कि कस्बे में पाया ही नहीं जाता था। जिस पर ऐसे कवियों को अपने स्तर में जिलास्तर की मिलावट करनी पड़ती थी। जिसका असर दूसरे दिन दोपहर तक बना रहता था। जिस पर ऐसे कवि, अपने आस-पड़ोस से रात को उन्होंने कौन सी कविता सुनाई, के विषय में पूछताछ करते पाए जाते थे।

जब वे अपनी मर्सियानुमा कविता पढ़ते थे, तो स्टेज पर बैठे कवियों की उसे सुनने की मजबूरी इसलिए होती थी कि क्योंकि वे ही कवियों को स्टेशन या बस स्टैंड छोड़ते समय फुल ऐंड फ़ाइनल पेमेंट करते थे। सिवइयों के पैकेट देते थे। चाय पिलाते थे। कविगण उनके इस परिश्रम के सम्मान करके उन्हें लगातार दाद देते थे, जिस पर वे गाड़ी को घुमा-घुमाकर लाइनें रिपीट करते थे। कई बार तो इतने इमोशनल हो जाते थे कि खुद रोने लगते थे। कवियों के दहशत में आंसू निकलते थे। जनता खून के आंसू रोती थी। बाक़ी आयोजक अपने आंसुओं को खुशी वाला बताते थे।

हालाँकि जनता की मजबूरी कुछ यूं थी कि लोगों के बीच उनके कुटीर उद्योग कारख़ाने के बुजुर्ग-जवान-महिलाएं-बच्चे बैठे रहते थे, जो लगातार लोगों की घेराबंदी किए रहते थे। ऐसे कर्मठ कर्मचारियों के लिए दो-दो बीड़ी के बंडल, 500-500 ग्राम मूंगफली का कोटा फ़िक्स था। चाय की तो वे मंच से लेकर अपने कर्मचारियों तक कोई कमी नहीं आने देते थे। घर की सारी भैंसों का दूध उस दिन इसी दिशा में मोड़ दिया जाता था। आवभगत की मात्रा की तुलना में हर बरस मर्सिया में लाइनें बढ़ा दी जाती थीं। कई बार उनकी कविता क़िस्म की इसी चीज़ को सुन-सुनकर लोग बेहोश तक हो जाया करते थे। इसके बाद उनके कर्मचारी ऐसे कमज़ोर दिलवालों को घटनास्थल से दूर ले जाकर ऐसे आयोजन से पर्याप्त 'डिस्टेंट मेंटेन' करने की सलाह देते थे, जबकि मस्तान भाई को उनकी कविता की मार्मिकता और मारकता के संबंध में जोशो-खरोश से बताया जाता था।

अपने इन कर्मचारियों के समर्पण के बदले में वे दूसरे दिन कारख़ाने की छुट्टी रखा करते थे। उनके इतने व्यक्तिगत प्रयासों का नतीजा था कि

कवि सम्मेलन उनके कस्बे के सालाना कलेंडर का स्थायी भाव था। इसी कवि सम्मेलन का ही प्रताप था कि उस पूरी रात कस्बेवाले परिवार की तरह साथ बैठते थे। रिश्ते ताज़ा करते रहते थे। रातभर लड़ते रहते थे। एक-दूसरे की इतनी छककर बुराइयां कर लेते थे कि मन के मैल धुल जाते थे। दिल की कालिख बह निकलती थी। दुश्मन भी सगा-सा दिखने लगता था। उसकी हंसी भी निश्छल लगने लगती थी।

कई बार ऐसी ही किसी रात में लड़ाई-झगड़ा करवाने वाले 'आत्मीयजनों' की पहचान हो जाती थी। आज भी हमारे उस कस्बे में जो थोड़ा-बहुत भाईचारा है, उसके पीछे इन्हीं कवि सम्मेलनों का बड़ा हाथ है। हालाँकि मस्तान भाई इसके पीछे अपना हाथ-पांव और हिसाब का रजिस्टर बताते थे, प्रूफ़ के तौर पर चाय, मूंगफली, दूध की मात्रा तक की जानकारी देने लगते थे। कोई अगर उनकी बात से सहमत नहीं होता था, तो वे जिन भैंसों के दूध से चाय बनी है, उन तक से गवाही दिलाने को तैयार हो जाते थे। ख़ैर, आजकल तो यदा-कदा होने वाले कवि सम्मेलनों में बुजुर्ग कवियों का जिक्र तक नहीं किया जाता। हां, पुराने लोग ज़रूर अपनी अतीत को याद करने की विवशता के चलते वर्तमान कवियों की क्षमता से पुराने कवियों की तुलना करते हैं। आंसू पोछते हैं कि कैसे उन महान आत्माओं ने पूरे एक दौर में इलाक़े को अपनी ज़िंदादिली से रोशन रखा।

18

मौन की मौत मारने में माहिर महान मनीषी

उनके मौन ने सियासत में कई शोर मचाने वाले सिद्धांतों का निर्माण कर डाला है। उन्हें पता चला तो बस मुस्करा कर ही रह गए।
मुस्कराने में आवाज़ नहीं निकलती है। खीं-खीं करने के वे सख़्त ख़िलाफ़ हैं। हंसी के क्षणों में बस मुंह दाब लो। छाती फटने को हो जाए सांस तक न लो। बस, कसकर पी जाओ हंसी। मुंह पर दही जमा लो। हंसी के कल्ले न फूट जाएं कहीं।

पृथ्वी चुप है। आकाश भी ख़ामोश है। दालान में बैठे दद्दा की तरह देश हकबकाया सा है। वे भी बस, मौन ही हैं। वे मौन क्यों हैं? बोलते क्यों नहीं हैं? आख़िर मौन से उन्हें हासिल क्या है? यक्ष ने सदियों बाद वक्त के सामने उत्तम क्वालिटी का प्रश्न रख दिया है। अब जवाब भी भला क्या होगा यार? अरे! किसी ने कुछ हासिल करने के लिए विकट साधना की है। कठिन तपस्या कर डाली है। तगड़ा अभ्यास साध लिया है। तेज़ आवाज़, नारों के क्षणों में भी समाधि लगा लेने की क़ाबिलियत विकसित कर डाली है। तो इन ख़ाली बैठे यक्षों के पेट में दर्द होने लगता है। वे प्रश्न उछालने लगते हैं। देखते तक नहीं सामने वाला मौन है लेकिन ममता से भरा है। विपक्ष और वरिष्ठों के प्रति कितनी करुणा का भाव रखता है। चीख़-चिल्लाकर फाड़ लो गला, उखाड़ोगे क्या? इस छोटी सी बात को हमेशा नादानों को समझाने में लगा रहता है।

लेकिन यक्ष समझें तब न, बस नेतागिरी करते रहेंगे। जवाब दो, जवाब दो। घंटा जवाब, अरे वे जानते हैं खुराफ़ाती होशियारी करते रहते हैं उससे क्या होता है। कोई असर होता है क्या? और मान लो कभी हो भी गया तो 65 साल में विपक्ष को क्या फ़ायदा मिल गया है जो अब मिलेगा। सो, एकदम निश्चिंत रहते हैं। निश्चिंत ही रहते थे। मौन तो पहले से ही थे। इसलिए अपनी हरकत पर दिन में दो-तीन दफ़े प्रफुल्लित भी बने रहते हैं।

लगे हाथों ऊर्जा संरक्षण के प्रति प्रेम भी रखते हैं।

सो, अपनी वाक् ऊर्जा संरक्षित ही रखते हैं। पता नहीं कब ज़रूरत पड़ जाए? उस "पता नहीं कब..." वाली ज़रूरत के लिए हर उपलब्ध मौक़े पर बोलने से बचते हैं। यूं तो बोलते भी क्यों, ज़रूरत ही क्या थी। बिना बोले ही धमाधम सीढ़ियां ऊपर चढ़ रहे हैं। आगे बढ़ रहे हैं।

अब फिर यक्ष कुछ बोले इससे पहले वे खुद ही बता देंगे कि हां भाई हां कई बार अपने प्रति पवित्र ग्लानि हो आती है। खुद पर दिव्य आक्रोश भी प्रकट करता हूं। फिर क्रोध पर विजय पाने के लिए मौन समाधि में चला जाता हूं, बस। हालाँकि उनके इस मौन ने सियासत में कई शोर मचाने वाले सिद्धांतों का निर्माण कर डाला है। जिसकी दूरदर्शी व्याख्याएं भी फटकार दी गई हैं। उन्हें पता चला तो बस मुस्करा कर ही रह गए। मुस्कराने में आवाज़ नहीं निकलती है। खीं-खीं करने के वे सख़्त ख़िलाफ़ हैं। ऐसी हंसी के क्षणों में बस मुंह दाब लो। छाती भले ही फटने को हो जाए सांस तक न लो। बस, कसकर पी जाओ हंसी। मुंह पर दही जमा लो। हंसी के कल्ले न फूट जाएं कहीं। हाव-भाव की कोपलें न दिख जाएं। कुल मिलाकर चेहरे पर पूर्णविराम लगा लो। मुंह पर ताला लगाकर चाबी दरिया में फेंक दो।

सो, वे मौन की मौत मारते हैं लोगों को, तड़पा-तड़पाकर। "बोलो-बोलो कुछ तो बोलो...जनाब, कुछ तो अर्ज कीजिए..." जैसे आवेदनों पर भी नहीं पसीजते। "हम काए बोलें, तुमई बक लो। बोलवे में का धरो है? हमाए बोलवे पै देस सुनवै का।" ज़्यादा उकसाओ तो मुक्का दिखा-दिखाकर पेट में मारने का इशारा करते हैं। सिर हिला-हिलाकर मुंडी फोड़ने की बात भी बिना बोले ही सामने वाले को समझा देते हैं। विपक्ष सिर धुनता है।

मौन हैं न, ऊर्जा क्षय नहीं होनी चाहिए।

यक्षों को इसकी ख़बर नहीं लेकिन उन्हें पता है। इसलिए वे मौन हैं। दूरंदेशी से भरे...! आगे बढ़ते हुए...!

19

हमारी पहली हवाई यात्रा

विमान का भीतरी दृश्य देश के विकास की सच्ची तसवीर था। पुरुष पौष्टिकता की चमक से युक्त थे, तो एयर होस्टेसों का गोरा रंग तो इतनी चमक मार रहा था कि समझ ही नहीं आया कि इन्हें कहां से ऑर्डर देकर बनवाया गया होगा। कुछ मॉडलनुमा महिलाएं बच्चों के साथ बैठी थीं, वे डायटिंग की शिकार इतनी दुबली - पतली दिख रही थीं कि उनके बच्चे उनसे बड़े लग रहे थे।

हवाई जहाज़ से यात्रा करना आज भी देश में अभिजात्यपने की निशानी माना जाता है। कल भी माना जाता था। बल्कि तब तो यात्रा अभिजात्य लोग ही करते थे। जैसे देश में जन्म लेने वाला प्रत्येक व्यक्ति अभिजात्य होना चाहता है, हम भी होना चाहते थे, बल्कि हम तो बचपन से ही इस दिशा में प्रयासरत थे। चांस हाल ही में मिला। यात्रा भोपाल से चंडीगढ़ तक की थी। इससे आगे की कसौली तक की बाय रोड भी थी। लेकिन यह बात गोपनीय है और कुल कहानी का वज़न कम कर रही है, इसलिए फिर कभी।

तो यात्रा पर जाने से पहले जितने लोगों को टिकट दिखाया जा सकता था, दिखाया गया। जिन्हें टिकट नहीं दिखाया जा सकता था उन्हें यात्रा विवरण से लगातार लाभान्वित करवाया गया। आख़िर आदमी की भी सीमा होती है, कितने लोगों को बताया जा पाता। ख़ैर, हमने तो उपलब्ध हर संसाधन का प्रयोग करके दूर-दूर तक जाकर अपनी यात्रा की जानकारी प्रेषित कर दी। जहां नहीं जा पाए वहां दूरभाष यंत्र की मदद से सूचना पहुंचाई

गई। दूरसंचार क्रांति का महत्त्व पहली बार इस गतिविधि के दौरान ही स्पष्ट हुआ। जो हमारे शुभचिंतक थे उन्होंने हमें बधाई दी। जो विरोधी थे उन्होंने हमारे ओछेपन का मज़ाक उड़ाया। ओछेपन वाली बात हमारे शुभचिंतकों ने ही उन्हें बताई थी, यह बात भी हमें बाद में पता चली। ख़ैर, जलन तो देवताओं तक के बीच में भी होती है।

जब विमान में बैठे तो जिस नज़र से एयर होस्टेस नामक पात्र को हमने देखा, उससे भी बुरी नज़रों से उन्होंने हमें देखा। उन्होंने विमान में पहली-पहली बार बैठने वालों के नज़रिए से काफ़ी निर्देश दिए। जो अंग्रेज़ी में इतनी वहशी भाव-भंगिमा में दिए गए कि जिसे हमने नहीं सुना। बाद में जो हिन्दी में कहा गया, उसका हमने नोटिस ही नहीं लिया। आख़िर विमान में बैठा हर आदमी अंग्रेज़ी में पढ़ रहा था, जब पढ़ नहीं रहा था, तो अंग्रेज़ी में बात कर रहा था। बाकियों की देखादेखी हमने भी पढ़ने की कोशिश की तो अंग्रेज़ी क़िताब के चित्र सुंदर दिखने लगे। पहली बार हमें चित्रों की ताक़त का अहसास हुआ। लगा कोई क़िताब केवल चित्रों के सहारे ही पढ़ी जा सकती है।

एक चित्र एक हज़ार शब्दों के बराबर होता है। अभिव्यक्ति किसी भी भाषा की मोहताज नहीं होती, क़िस्म की बातें याद आईं, सच लगीं। एयर होस्टेस नंबर एक को भी हमने थोड़ी-बहुत तभी तवज्जो दी, जब वे कुछ खाने को लाईं, अन्यथा तो पूरी यात्रा के दौरान हमने उन्हें मुंह तक नहीं लगाया। रूठे से रहे, बात तक नहीं की। उन पर भी दिखता था कि हमारे अभिजात्यपने का ख़ासा रौब पड़ा था, क्योंकि उन्होंने भी हमें मुंह नहीं लगाया। आसपास के लोगों से 'सर, सर' करके बातें करती रहीं, हमारी तरफ़ देखकर मुस्कराती रहीं। उनकी इस प्रक्रिया के दौरान हमें मुस्कराहट के प्रकारों में से व्यंग्य वाली मुस्कराहट का उप-प्रकार तत्काल समझ में आ गया।

हालाँकि जब एयरहोस्टेस नंबर दो पास से गुज़रीं और उन्होंने जिस नज़र से हमें देखा, उनसे हमें तत्काल प्यार हो गया। मध्यमवर्गीय लोगों की यही तो बुरी आदत है कि किसी भी लड़की ने ज़रा-सी दया नहीं दिखाई कि वे प्रवृत्तिवश इसे प्यार मान बैठते हैं। फिर एयर होस्टेस नंबर तीन ने भी पास से निकलते वक्त इसी तरह की नज़रों से देखा, तब हमारे पास उनसे फ़ालिंग इन लव हो जाने के अलावा कोई रास्ता नहीं बचा। इस तरह बैठे - बिठाए मामला ट्राएंगल हो गया। हालाँकि जब दोनों ने हमारे अलावा

कइयों को भी इसी नज़र से देखा और एयर होस्टेस नं. एक ने इसी दौरान वापस एंट्री मारी, दोनों के सम्मिलित प्रभाव से उपरोक्त कहानी बिना परवान चढ़े ही ख़तम हो गई। हालाँकि उन पर तो हमें इतना गुस्सा आया कि पानी तक बाजूवाले का उठाकर पी लिया। वो तो जब उसने हमें उठाकर बाहर फेंकने वाली निगाहों से देखा तभी हमारा गुस्सा और प्यार का बुख़ार उतरा।

विमान का भीतरी दृश्य देश के विकास की सच्ची तसवीर था। पुरुष समाज खाया-पिया पौष्टिकता की चमक से युक्त था, तो एयर होस्टेसों का गोरा रंग तो इतनी चमक मार रहा था कि समझ ही नहीं आया कि इन्हें कहां से ऑर्डर देकर बनवाया गया होगा। आसपास के लोग फ़ैशन के साक्षात प्रतीक लग रहे थे। पड़ोस में ही कुछ मॉडलनुमा महिलाएं बच्चों के साथ बैठी थीं, वे भयंकर रूप से डायटिंग की शिकार इतनी दुबली-पतली दिख रही थीं कि उनके बच्चे उनसे बड़े लग रहे थे। उन्हें देखकर निश्चिंतता हो गई कि देश के कुछ हिस्सों में शादी के बाद बच्चे पैदा करने की परंपरा लुप्तप्राय हो चुकी है या खाने में केवल हवा खाकर भी जीवित रहा जा सकता है। जो पुरुष फ़ैशन में लिप्त नहीं थे, वे आसपास की नारियों को देखते हुए मोबाइल पर अपने कर्मचारियों को डांट रहे थे, जो बेचारे कर्मचारियों को अफ़ोर्ड नहीं कर सकते थे, वे दाएं-बाएं से गुज़रती एयर होस्टेसों को देखकर अपने अधीनस्थों पर ही पिल पड़े थे।

मेरे साथ वाली सीट पर बैठे भाई साहब ने तो अपनी किसी कर्मचारी को इतना कसकर डांटा कि मेरी आत्मा तक अंदर से "सर, सर! ग़लती हो गई," वाली मध्यमवर्गीय हरकत पर उतर आई थी। विमान चला तो नीचे लोग इतने तुच्छ नज़र आए जैसा कि ऊंचाई पर जाने वाले हर आदमी को नज़र आते होंगे। इस पर हम तत्काल ही ऊंचाई की ताक़त के कायल हो गए। ऊपर से बड़े शहर तो फिर भी ठीक हैं, कस्बे और गांव तो नज़र ही नहीं आ रहे थे। इस पर यह भी स्पष्ट हुआ कि आदमी हो या नेता, हवाई हो जाने पर आम आदमी उसकी और वह आम आदमी की नज़र से ओझल हो जाता है।

हालाँकि कसूर ऊंचाई का रहता है, लोग बड़े आदमियों को अनावश्यक कोसते हैं। वे बेचारे भी क्या करें कभी इतनी ऊंचाई से उन्होंने अपना वजूद देखा नहीं होता है, अन्यथा उनके विचार भी विमान वालों जैसे ही होते। इस तरह यह सिद्धांत भी काफ़ी हद तक स्पष्ट हुआ कि ऊपर

चढ़ने वाली कोई भी चीज़, जैसे दिमाग़, देर-सबेर तकलीफ़ की कारण ही बनती है।

इसी तरह विमान का भीतरी मंजर भी दो भागों में बांटा था। आगे वाले-पीछे वाले। आगे बिज़नेस क्लास वाले लोग थे, जिनकी नज़रों में पीछे वाले पूअर थे। पीछे इकोनॉमी क्लास वाले लोग थे जिनकी नज़रों में आजू-बाजू वालों के साथ नीचे वाले वेरीपूअर थे। दोनों तरह के व्यक्तियों की चाल-चलन और नज़रों में इस तरह की विभाजन रेखा के खंभे स्पष्ट गड़े नज़र आ रहे थे। इसे देखकर ही लगा कि देश में बिलो पॉवर्टी लाइन के पैरामीटर ऐसी ही किसी हवाई यात्रा में बिज़नेस क्लास में बैठे किसी विद्वान ने बनाए होंगे, क्योंकि जिस तरह देश से प्रतिवर्ष ग़रीबी और कुपोषण घटता हुआ बताया जा रहा है (हालाँकि ग़रीब बढ़ रहे हैं) उससे स्पष्ट है कि ऐसे सूचक विमान के अंदर के ऐसे ही किसी सीन को देखकर बनाए जा सकते हैं। यह कयास इतना पुख़्ता है कि आगे चलकर कभी रहस्य खुला तो सही ही पाया जाएगा।

इसके पहले हवाई अड्डे पर सुरक्षा जांच का सीन तो ग़ज़ब रहा। हर बार हमारा बैग जांच में पाक साफ़ पाया जाता था। हमें ही रोक लिया जाता था। पता नहीं उन्हें हमारी सूरत में क्या दिखता था कि कई प्रकार की पूछताछ संपन्न करने के पश्चात भी बिठाए रहते थे। फिर कई प्रकार से अपनी हस्ती के बारे में बताने पर भी जब उन पर रौब नहीं पड़ता था, तभी हमें मजबूरी में अपनी रचनाएं निकालनी पड़ती थीं। जिनकी दहशत के कारण ही हमें छुटकारा मिलता था। हालाँकि हमें यह सोचकर डर भी लगा कि कहीं आतंकवादी भी इसी तरीक़े से सुरक्षा न भेदने लगें। इसी तरह वहां की ड्यूटी फ़्री दुकानों में रखे सामान की क़ीमत पूछकर ही हवाई अड्डे पर लोग इतने शांत क्यों बैठे हैं, वाली बात स्पष्ट हो गई।

इसी बीच एयर होस्टेस की घोषणा भी सुनाई देने लगी। जो उन्होंने हिन्दी में बोला वो हिन्दीभाषियों को समझ में नहीं आया। जब उन्होंने उसका तर्जुमा अंग्रेज़ी में सुनाया तो वह किसी की भी समझ में नहीं आया। कुल मिलाकर लोगों ने खिड़की के बाहर झांककर खुद ही अर्थ निकाल लिया। जो इस तरह था, कि कोई हवाई अड्डा आने वाला है। चकर-चकर खाना बंद कर दो। सीट बेल्ट बांध लो। सीटों पर जो सज्जन औंधे मुंह लेटे हैं, वे सीधे हो जाएं, नहीं तो विमान रुकने पर औंधे मुंह ही गिरेंगे। सामान उठाएं,

तो अपना ही उठाएं। हमें जो आपने सेवा का मौक़ा दिया है उसके लिए धन्यवाद। अगर फिर पैसे इकट्ठे हो पाएं और हवाई यात्रा की गुंजाइश बन ही जाए, तो हमारी ही कंपनी के विमान से यात्रा करना। कुल मिलाकर यह स्पष्ट किया गया कि एयर होस्टेसों को घूरने का समय समाप्त हुआ, निकल लो।

तो इस तरह उनके ससम्मान नीचे उतार देने के साथ ही हमारी पहली हवाई यात्रा संपन्न हुई। अब सामान में ज़गह-ज़गह एयरलाइंस कंपनियों के टैग लगे हैं। यात्रा के बेकार टिकट को हमने पैसे से भी ज़्यादा संभाल कर रख लिया है। टैक्सी में सामान रख दिया है। हमने मोबाइल मिला लिया है। बात चल रही पड़ी है - "यार, जस्ट अभी एयरपोर्ट पर उतरा हूं, बड़ा हैक्टिक शेड्यूल था। दो फ़्लाइट चैंज करनी पड़ी। हवाई यात्रा के बाद ज़मीनी यात्रा शुरू हो गई है।" बात के बीच-बीच में लगातार टैक्सीवाले पर नज़र है, कि उस पर पर्याप्त प्रभाव पड़ रहा है कि नहीं।

20

Love Story सुपर फ़ास्ट

दो बर्थ ख़ाली हैं। कोई कमीना आ न जाए।
लड़का तो क़तई न हो। लड़का हो तो स्मार्ट बिलकुल भी ना हो।
प्रभु! अरज सुन ले हमारी। कभी कुछ नहीं मांगा।
आज तो इतनी सुन ले। अच्छा चलो कोई लड़का ही आ जाए तो
प्रभु! अंग्रेज़ी बोलने वाला क़तई न हो।
लड़कियां अंग्रेज़ी बोलने वालों पर तो मर मिटती हैं।
खूबसूरत लड़की हो, तो रिस्क बढ़ जाता है।

कोच नंबर एस-10। बर्थ नंबर-35। भोपाल से दिल्ली। सीट के नीचे बैग घुसेड़कर बालों पर हाथ मार ही रहा था अपना हीरो कि नज़र सामने चली गई। एक खूबसूरत लड़की बैठी थी। उमर कोई 25-26 साल के बीच। जींस-टी शर्ट। एक हाथ में चौड़ा-सा बैंड। दूसरे में रुद्राक्ष के मनकों की माला लपेटे थी। सीट की पीठ से टिकी बैठी थी। गोद में कामू! मतलब अल्बेयर कामू का *द स्ट्रेंजर* धरे। वर्ल्ड फ़ेमस लेखक। वर्ल्ड फ़ेमस नॉवेल। ऊपर की बर्थों पर दो बुड्ढे। औंधे लेटे हुए। रास्ता साफ़। कोई डिस्टरबेंस नहीं। जन्म-जन्मांतर के सपने कुलांचे भरने लगे। एक पल में कई फ़िल्मी सीन आंखों के सामने चलने लगे।

हीरो-हीरोइन। ऐसा ही कोई सफ़र। प्यार की पींगे। भारतीय रेल का सहयोग। किसी प्लेटफ़ॉर्म पर पतली पूड़ियां-पानी वाली सब्ज़ी के दोनों की अदला-बदली। हीरोइन स्टेशन पर। ट्रेन चल दी। हीरो का आवाज़ देना। चलती ट्रेन से हाथ पकड़कर 'सिमरन' को ऊपर खींच लेना। हीरोइन का

डर के मारे हीरो के गले लग जाना। धीरे से 'थैंक्स' कहना। अपनी बर्थ पर जाते हुए मुड़-मुड़कर देखना।

हाय!-हाय! बैकग्राउंड म्यूज़िक। धिंक... चिका... धिंक हे... हे... हे... हे...

कामू के सानिध्य में क्या महान घटना घटने वाली है? अपने हीरो का दिमाग़ ट्रेन से भी सरपट दौड़ रहा है। साला! दो बर्थ ख़ाली हैं। कोई कमीना आ न जाए। लड़का तो क़तई न हो। लड़का हो तो स्मार्ट बिलकुल भी ना हो। प्रभु! अरज सुन ले हमारी। कभी कुछ नहीं मांगा। आज तो इतनी सुन ले। अच्छा चलो कोई लड़का ही आ जाए तो प्रभु! अंग्रेज़ी बोलने वाला क़तई न हो। काम बिगड़ जाएगा। लड़कियां अंग्रेज़ी बोलने वालों पर तो मर मिटती हैं। ख़ूबसूरत लड़की हो, तो रिस्क बढ़ जाती है।

प्रभु! प्रभु!! कुछ भी ज़िन्दगी में कुछ भी अच्छा किया हो तो उसके बदले में ही इतना वरदान दे दो।

यूं ही बैठी रहे लड़की। काश! वक्त थम जाए। बैकग्राउंड म्यूज़िक चलने लगे। 'मैं करूं तो साला कैरेक्टर ढीला है' नहीं... नहीं... छिः... छिः... ये वाला गाना न चले बैकग्राउंड में। प्यार में गाने चुनने की तमीज ही कहां रहती है। हां-हां सही है। बस! कोई लड़का न आ जाए। लव एट फ़र्स्ट साइट हो रहा है। 50 फ़ीसदी तो हो भी गया है। हाय! हाय!! क्या बाल उड़ रहे हैं इसके बिलकुल करीना जैसे... किसी फ़िल्म में देखा था। गोली मारो फ़िल्म को, तेल लेने गई साली। साक्षात हीरोइन बैठी है सामने। करीना जैसी गोरी है कमबख़्त। आंखें भी बिलकुल उसी के जैसी। होंठ गुलाब की पंखुड़ियां। चेहरे का ग्लो ही बता रहा है कितनी इंटेलिजेंट है। तभी तो पढ़ रही है कामू। इतना ख़तरनाक लिखता है कि किसी आम लड़की को समझ में आ सकता है क्या?

सर्वहारा का सचेतक! विचारों का बादशाह!

कामू में ताक़त है। उसके विचार सम्मोहनीय हैं। समझ में आ रहा है क्यों है इतना बड़ा विचारक और दार्शनिक। आज समझ में आ रहा है कामू। ख़ैर जाने दो, कोई लड़का ना आ जाए। साले ने कहीं से रिज़र्वेशन कराकर कहीं से बोर्डिंग न करा रखा हो। ये साले रेलवे वाले भी कैसे-कैसे नियम बनाते हैं। कोई कहीं से भी रिज़र्वेशन करा ले। कहीं से भी बैठ जाए। बकवास सुविधा है ये। वहां फ़िल्मों में तो रेल क्या फ़ैंटेसी गढ़ती है।

यहां वास्तविक जीवन में प्रेम में आड़े आ रही है। इन साले रेलवे वालों की तो...! दुश्मन हैं प्यार के... विलेन हैं साले विलेन...! सीटों में खटमल, तिलचट्टे भरे हैं। फ़र्श तक साफ़ नहीं है। इतनी गंदगी है। और देखो मांगने वाले बेखटके चले आते हैं। कोई नहीं देखता इन्हें। सब साले मिले हुए हैं। सबने मिलकर कामू के भी तो 12 बजा दिए थे। भागना पड़ा था अल्ज़ीरिया से पेरिस। बुर्जुआ ताक़तों के षड्यंत्र में फंस गए थे। लेकिन अभागों-असहायों के लिए कैसे युगांतरकारी विचार दिए हैं।

कामू जिंदाबाद! क्या ग़ज़ब का हौसला था। दिमाग़ में कैसे पैदा कर दी थी क्रांति?

ऐसे ही संघर्षशील लोगों को मिलती है सही जगह। अभी लड़की के गोद में बैठे है। सोते समय सीने से भी लगा लेती होगी। क्या क़िस्मत है। छिः-छिः ऐसा नहीं सोचना चाहिए। क्या करूं दिमाग़ का दही हो रहा है। लड़की क्या सोच रही होगी? कनखियों से देख रही है क्या मेरी तरफ़? फ़िल्मों में तो ऐसा ही दिखते हैं। अब यार, ये कनखियां क्या होती हैं? किससे पूछूं? बुड्ढे न उठ जाएं। साला! किसी लड़की का मोबाइल न आ जाए। बीच वाली ख़ाली बर्थ पर कोई लड़का न आ जाए। इतने ख़तरे अलग हैं।

कहां दिमाग़ लगाऊं?

घंटा भर तो हो गया। कभी तो खाएगी खाना। हमें भी तो पूछेगी। बात चल पड़ेगी। हूं, चलो कर लेते हैं इंतज़ार। कोई ब्रेकअप वग़ैरह तो नहीं हुआ है इसका। कैसी बुझी-सी लग रही है। अपना हीरो लगातार गुंतारे लगा रहा है। ख़ूबसूरत है... लड़के भी आजकल धोखेबाज होते हैं। किसी एक के नहीं रहते। हां, सही है तभी तो आते हैं ऐसे गाने कैरेक्टर ढीला टाइप के...

अन्तर्द्वंद्व चल रहा है। मेरी तरफ़ क्यों नहीं देख रही? कितना पढ़ेगी? खाना क्यों नहीं खा रही? खाना नहीं डिनर! हां-हां डिनर ही बोलना है। जब बातचीत शुरू हो जाएगी तो ये खाना-वाना जंचेगा नहीं।

डिनर! डिनर! नो खाना-वाना ओके। खाना खाकै तो नहीं बैठी है। बात कैसे होगी। लड़कियां इस मामले में बड़ी पकाऊ होती हैं। तड़पाने में मज़ा आता है इन्हें। ख़ूबसूरत हों तो नखरे बढ़ जाते हैं इनके। कभी अपन को भी मौक़ा मिलेगा ख़ूब इंतज़ार करवाऊंगा इसे।

गोरी कितनी है! होंठ! करीना! हाय-हाय!

हे! प्रभु देख क्यों नहीं रही है। इतना धांसू सीन कहीं बेकार न चला जाए। कामू-वामू पढ़कर प्यार और संवेदनाओं से भरोसा तो नहीं उठ गया है इसका?

सर्वहारा! बुर्जुआ!! क्रांति जैसे विचारों से जूझ रही है। प्यार के बारे में सोच तक नहीं रही। एक प्रेम पिपासु भैराया बैठा है। ख़ाली पेट है या डिनर ठूंस कर बैठी है। इधर आंतें कुलबुलाने लगी हैं सर्वहारा टाइप। प्यार-व्यार के चक्कर में भूख बढ़ जाती है क्या? हां, तभी तो लड़के-लड़कियां रेस्तरां में ही मिलते हैं। दिमाग़ भिंदरयाया जा रहा है।

क्रांति और प्यार का संघर्ष क्या रंग लाता होगा। कामू का चक्कर पड़ा है इन बातों से? प्यार और क्रांति के अंतर्संबंध पर सोचा है कभी उसने? छोड़ो, अभी तो खाना खा लेता हूं। नहीं, रुक ही जाता हूं। बड़े घर की लगती है। कपड़े तो ब्रांडेड दिखते हैं। बड़े घर की होती तो यहां स्लीपर क्लास में...! कामू का असर दिखता है। लड़कियां आजकल हर मामले में कितना मैच्योर होती हैं। चलो अच्छा है आगे घर-परिवार चलाने में बड़ी सुघड़ होती हैं ऐसी लड़कियां।

खूबसूरती! मैच्योरिटी! कामू! लव एट फ़र्स्ट साइट!

साला! कुछ हो क्यों नहीं रहा है। फ़िल्मों में हीरो अभी तक इम्प्रेस कर चुका होता। क्या मुश्किल है? परिस्थितियां विलेन बन रही हैं। हाय! सपने, सपने न रह जाएं? गोरी कितनी है, हाय! बाल कैसे फर्र-फर्र हवा में उड़ रहे हैं। क्या लग रही है। दिल तो 'एवैंई-एवैंई लुट गया' टाइप हो रहा है।

सपने! करीना! कामू! हाय-हाय!

विचार चल ही रहे थे कि इतने में लड़की क़िताब साइड में रखकर उठ गई। अपना हीरो सतर्क हो गया। फिर ज़िंदा हो गई है संभावना! बातें शुरू हो सकती हैं। मुंह बनाकर बैठना होगा।

"एक्सक्यूज़ मी!" लड़की की आवाज़ आई। हो गया जनम सुफल। सपने फिर जवान हो गए। भारतीय फ़िल्में ज़िन्दाबाद! ऐसे सीन लिखने वाले अमर रहें!

"जी! बोलिए..." हीरो ने पर्याप्त मात्रा में मोटाई भरी आवाज़ में। लगती है, मोटाई वाली आवाज़ लगती है। मोटे बेस वाली आवाज़ को

लड़कियां आजकल सेक्सी श्रेणी में रखती हैं। लड़कियों का भी पता नहीं काहे को सेक्सी मान लेती हैं।

"ज़रा, ये बीच वाली बर्थ ऊपर कर देंगे, मुझे सोना है।"

"आप हटिए, मैं कर देता हूं," और सपाटे से सब कर भी दिया गया। लड़की लेट गई। लगे हाथों लाइट भी बंद कर दी उसने। रोशनी बंद हुई लेकिन अपने हीरो की आंखें चमक उठीं।

अंधेरा! संभावना!

आंखों ही आंखों में जाएगा अब प्यार का पैगाम। सामने वाली बर्थ पर टकटकी लगा ली है। लेकिन कोई आंखें चमक क्यों नहीं रही हैं। सो तो नहीं गई है? दो घंटे से लगातार पढ़ रही थी बेचारी! थक भी तो गई होगी।

नज़रें सामने वाली बर्थ पर हैं और दिमाग़ में गुंतारा चल रहा है। इसी बीच कब पलकें मुंदने लगीं पता ही नहीं चला। हालाँकि धीमी-धीमी आवाज़ कानों में टकरा रही है। लड़की कहीं मोबाइल फ़ोन पर बातें कर रही है।

"हां-हां, मॉर्निंग में पहुंच जाऊंगी। तेरे बिना मन नहीं लगता है। लव यू..., मिस यू... स्वीट कामू! कामू!"

साले! कोई कामू हैं इनके..., कमल कुमार या कमीने कुमार टाइप कोई होंगे..., तो यह है कामू पढ़ने का राज़? उन्हीं ने दी होगी क़िताब और ये दो घंटे से एक ही पेज पर आंखें गड़ाए उन्हीं के बारे में सोच रही होंगी। नाम कॉमन है इसलिए कामू भी इन्हें अच्छा लगने लगा होगा। प्यार में लड़कियों के खटकरम ऐसेई होते हैं।

हे! कामू देख लो यहां ऐसे होता है क्रांतियों का अंत।

फिर तो दिल्ली स्टेशन पर ही खुली नींद अपने हीरो की। जो पहली नज़र गई तो प्लेटफ़ॉर्म पर करीना किसी लड़के के गले से लगी दिखी।

"भाई साब, ज़रा ये सूटकेस पकड़वा लीजिए।" जिनके गले लगी थी, वे पट से अंदर दाख़िल हो चुके थे। मदद मांग रहे थे। उन्होंने लड़की का एक सूटकेस-बैग उठा लिया है। दूसरे अपने हीरो के हाथ में है। मिनटों में ही करीना-अपने सैफ़ के साथ रेलवे के ओवरब्रिज से चढ़ती दिखाई दीं। सीन फ़ेड ऑफ़ होने लगा। इधर, लांग शॉट में अपना हीरो ऑटोवाले से भिड़ा दिखाई दे रहा है।

"हम तो हर बार सौ रुपये ही देते हैं, हर बार आते हैं, चलना हो तो चलो..., लूट मचा रखी है तुम लोगों ने तो..."

दिल टूटता है तो दिमाग़ एक पल में कितना सक्रिय हो जाता है अपने देश में... भारतीय रेलवे के सौजन्य से कितने फ़िल्मी सपने फ़्लॉप हो रहे हैं रोज़... कोई नहीं जानता!

हालाँकि जानता तो कोई ये भी नहीं है कि खूबसूरत लड़की को देखते ही लड़के भैरा क्यों जाते हैं, आपने देश में!

21

जन डिप्लोमेसी

"उसके कनै भी प्रखरता है भाईसाब।
सब बातों का ध्यान धरता है। देश को विकास के रास्ते पर
दौड़ा दिया है उसने बाक़ी तो कितने भ्रष्ट हैं
पर उसकी ईमानदारी पर कोई अंगुली नहीं उठा सकता है।"
"मुंह की बात छीन ली भाईसाब आपने तो
दैदीप्यमान नक्षत्र हैं वो तो..."

"अबकी बार मोदी ही आएगा, काए...?"

"आएगा भाईजी, बिलकुल आएगा। दैदीप्यमान नक्षत्र है वर्तमान राजनीति का। आकर ही रहेगा।"

"दस साल में झांकी तो फुल खैंच दई है भाई ने।"

"हां, भाईजी सब बातों पे ध्यान धरता है। प्रखरता है उसके कनै।"

"कोई कछु भी कह ले उसकी ईमानदारी पर अंगुली नहीं उठा सकता है?"

"100 टका टंच बात कही भाईजी, आत्म-बल है उसके कनै। नैतिकता और शुचिता को साथ लेकर फिरता है।"

"और कहीं मनमोहन ही पलटी मार गए तो...?"

"मार भी सकते हैं भाईसाब, मार सकते हैं। राजनीति की कौन कहे...!"

"पढ़ा-लिखा तो विकट है। काम तो उसने भी भारी किए हैं।"

"उसके कनै भी प्रखरता है भाईसाब। सब बातों का ध्यान धरता है। देश को विकास के रास्ते पर दौड़ा दिया है उसने! बाक़ी तो कितने भ्रष्ट हैं

पर उसकी ईमानदारी पर कोई अंगुली नहीं उठा सकता है।"

"मुंह की बात छीन ली भाईसाब आपने तो दैदीप्यमान नक्षत्र है वो तो..."

"इतना पढ़ा-लिखा प्रधानमंत्री पहले न हुआ...!"

"हां, भाई साब, पढ़ा लिखा तो भौतई है।"

"उकै मंत्रियों ने जो धोखा न दिया होता तो कोई उस पर एक आरोप तक न लगा सकता है।"

"हऔ भाईसाब, टंच बात, काफ़ी मात्रा में आत्म-बल है उसके पास, चारित्रिक दृढ़ता..."

"काए की चारित्रिक दृढ़ता-फृढ़ता, हम कहते हैं सिधाई से होता क्या है। गच्चा खा गए हैं वे, देश चलावै को डिप्लोमेसी चाहिए।"

"सच्ची बात, देश चलावै को तो डिप्लोमेसी चाहिए ही चाहिए।"

"ईमानदारी-फिमानदारी से का देश चलवै...? चालबाज़ी आनी चाहिए। नहीं तो कोई भी कैसा भी चला देगा। चंट न भए तो कोई भी बीच सड़क पर हाथ छुड़ाकर गदबद दे लेगा और वै टापते रह जाएंगे।"

"फिर सही कह गए भाईसाब, चालबाज़ी तो आनी ही आनी चाहिए। मोदी को देखो उसकी यही तो ख़ासियत है। पक्को चंट है सबको सीधा रखता है।"

"हूं... तो का, चालबाज़ी से चलती है पॉलिटिक्स, लोग ऊब न चुके हैं इन हरकतों से... जनता को आदर्श टाइप का नेता चाहिए अब तो..."

"फिर मुंह की बात छीन ले गए आप तो भाईजी..."

"मुंह चलावे वाला ही तो चाहिए आज, नहीं तो ये अमेरिका-फमेरिका दादागिरी करके कोने में धर देंगे। क्या समझे..."

"समझ गए भाई साब, वैसे हमारे भी मुंह में ही धरी थी ये बात, आप ही पहले कह गए... बकता नहीं वक्ता चाहिए आज तो..."

"वैसे यार, ये मोदी बोलता तो धांसू है। खाट खड़ी कर देता है सामने वालों की..."

"सामने वालों की खाट ही खड़ी कर देता है..."

"...लेकिन देश को तो मुंह चलावै वालो चाहिए या काम करवै वालो चाहिए, तुम कहो।"

“क्या बात कही भाई साब, काम करवै वालो ही चाहिए...”

“काम तो बेटा उसने भी बहुत किया है... गुजरात को सरपट दौड़ा दिया है...”

“बहुत ही दौड़ाया है भाई साब।”

“काम तो बेटा इसने भी बहुत किया है... देश को विकास के रास्ते पर ले भगै हैं।”

“लाख टके की बात, ले भगै हैं...”

“तो अबकी बार मोदी ही आएगा...”

“मोदी ही आएगा भाई साब, दैदीप्यमान...”

“मनमोहन भी पलटी मार सकते हैं काए...”

“हओ, राजनीति की कौन कहै, प्रखर...”

“वैसे, कोई आए हमें क्या फ़रक़ पड़ता है...”

“बिलकुल ग़लत बात भाई साब, फ़र्क़ तो हमें पड़ता ही पड़ता है...जैई कारन तो अपनी ये दशा है...”

“हें...! तू तो नेताओं जैसा पलटता है रे...”

22

इशकवाला लव, ट्रकवाला टैलेंट

शायर निश्चित तौर पर शासकीय उच्चतर माध्यमिक स्कूल का गणित का अध्यापक रहा होगा, जो आमिर ख़ान का फ़ैन एवं फ़िल्मों का प्रेमी है। इसके अलावा उसकी पोस्टिंग गांव में है। स्कूल की ही किसी टीचर से नैन लड़ जाने के कारण वह खंडाला जैसे स्थल पर चलकर बातचीत करने आदि का संकेत दे रहा है। कुल मिलाकर सरकारी तनख़्वाह पर साहित्य की सेवा में रत है।

"गाड़ी के कार्बोरेटर, तुझे हुआ क्या है,
आख़िर इस धकाधक धुएं की वजह क्या है..."

मैं आजकल कुछ भयंकर-सी खोजबीन में लगा हूं। हालाँकि मेरी खोजबीन का ताल्लुक़ अदीबो-अदब, शेरो-शायरी की दुनिया से है। आपको भी कुछ अजीब-सा लग रहा होगा कि शेरो-शायरी में क्या भयंकर खोजा जा रहा है। हुजूर, मेरी खोजबीन बहुत गहराई लिए हुए है। मैं पता करने के प्रयास में जुटा हूं कि ट्रकों-टैंपुओं, रिक्शे के पीछे युगांतरकारी शेर लिखने वाले ये अज्ञात लोग कौन हैं, उनकी शिक्षा-दीक्षा, पठन-पाठन का लेवल क्या है, उनकी आर्थिक-सामाजिक हैसियत क्या रही होगी, उन्होंने अपनी विरासत में कैसी परंपरा को प्राप्त किया होगा, वग़ैरह-वग़ैरह। मैंने अत्यंत ही सूक्ष्म दृष्टि से विश्लेषण करने के बाद पाया है कि ये शेर अत्यंत ही गहन जीवन

दर्शन से ओतप्रोत, मारकता से भरपूर, ताड़कता से अविछिन्न, भाषिकता से लदी-फदी शायरी की अदबी दुनिया में गुलशन नंदाई हैसियत से जाने जाते हैं। कई शेरों की तीक्ष्णता तो कमाल-ए-दाद है, मुलाहिजा फ़रमाएं - "बुरी नज़र वाले, तेरा मुंह काला। दिल है तेरा काला और जां भी है काली..."

प्राचीनकाल में पहली-पहली बार जब ये शेर ट्रकों पर दिखाई दिए हुए थे, तो कई एक्सीडेंट केवल इसी कारण से हो गए थे। चूंकि ट्रक के पीछे चलने वाली गाड़ी के ड्राइवर ने अपने बारे में इतना सच्चा विवरण पढ़कर जब बैक मिरर में अपना चेहरा देखना चाहा तो गाड़ी ने इसी दौरान किसी अन्य गाड़ी से 'चर्चा' का वक्त निकाल लिया था। आप ही बताइए है ना गहरी मारकता। दो लाइनें लिखीं, कमाल की लिखीं, अमर हो गए। ढूंढ़ना न होगा उसे, नाम न प्रकाश में लाना होगा? इसी तरह इस शेर में 'दर्शन' के दर्शन कीजिए,

"3 में ना 13 में
तू कौन खामखां..."

अर्थात् लोग तीन से तेरह करने के चक्कर में लगे हैं, फिर भी कहीं वजूद नहीं है। हर मुद्दे पर टांग अड़ाएंगे, बिना ये जाने कि हे, हाड़-मांस के मानव, तू क्या? तेरा वजूद क्या? माटी की देह, माटी हो जाएगी, क्यों फ़िजूल की बातों में तन गला रहा है, मन मैला कर रहा है, खुद भी अशांत है, दूसरों को चिंतित कर रहा है, किसलिए बावरे, यूं हीं खामखां।

कैसा होगा ये शायर, पनघट पर लिखा होगा उसने ये शेर या विरह में या नश्वरता की गहन अनुभूति से भरे क्षणों में या यूं ही मुर्गों की लड़ाई देखते हुए प्रस्फुटित हो गया होगा। आप मत मानिए देश, काल का रचना पर प्रभाव जानने का महान साहित्यिक प्रश्न भी है ये, इसीलिए तलाश में जुटा हूं।

हालाँकि अभी तो सिर्फ़ बिखरे सूत्र ही हाथ लग रहे हैं। कड़ियों से कड़ियां जुड़ने के आसार ही नहीं दिखाई दे रहे हैं। ख़ैर, एक और कालजयी शेर याद आ रहा है, भूल रहा हूं कि टैंपू के पीछे देखा या ऑटो के पीछे या शायद बस के अंदर ही पढ़ा हो, क्या करें ये 'क्लासिकल' सामग्री यत्र-तत्र बिखरी हुई है ना, फिर देखिए है भी तो कितनी प्रचुर मात्रा में, चलिए स्रोत के विवरण में ना जाकर शेर का लुत्फ़ उठाते हैं। अर्ज किया है -

"शीशी भरी गुलाब की पत्थर से तोड़ लूं

तू ना आया ज़ालिम, तेरी याद में माथा ही फोड़ लूं..."

"आपने इरशाद कह तो दिया था ना, अच्छा भूल गए थे।" ख़ैर, इस शेर के भावार्थ में जाइए कितना सुंदर कहा है शायर ने कि अत्यंत मेहनत से पहले गुलाबों को तोड़कर शीशी में घुसाकर भरा जाएगा, तत्पश्चात कहीं ज़ोरदार पत्थर देखकर तोड़ा जाएगा, फिर आहें भरी जाएंगी, आख़िर में माथा फोड़ने की उत्कंठा में भी उनका इंतज़ार रहेगा, ताकि प्रेमी के सामने ही माथा फोड़कर उसका क्रेडिट लिया जाए, अकेले में फोड़ने से क्या फ़ायदा, जब कोई देखने वाला ही न हो।

चूंकि इस पूरी प्रक्रिया में कोई व्यक्ति उसे ये बताने वाला नहीं होगा कि अरे बावली जब तू शीशी में गुलाब भर रही थी तभी "वह" आकर तुझे ना पाकर चला गया था। बैठी रह शीशी और गुलाब लेकर।

आप इसे छोड़कर केवल शेर की गहराई देखिए - कैसे दो लाइनों में उस समय को जीवंत कर दिया शायर ने। ऐतिहासिक तथ्यों से भी अवगत करा दिया कि कैसे किसी कालखंड में शीशी में गुलाब भरने जैसे विरह के अजीब से टाइमपास संसाधन मौजूद थे। इन्हीं सूत्रों को पकड़कर तो अपन शायर के रचना समय-कालखंड का अनुमान लगाने में लगे हैं।

आख़िर शायर ने कहां से देखा होगा ये दृश्य, पहाड़ से या वृक्ष की ओट से या शायद जिस पत्थर पर शीशी के फोड़ने का जिक्र है, वह प्रतीक के रूप में हो। इंतज़ार से क्षुब्ध होकर यह शीशी शायर के खोपड़े से ही मारकर फोड़ी गई हो, जिसे कालांतर में पत्थर में परिवर्तित कर दिया गया हो।

देखा आपने एक-दो लाइनों का शेर कैसे शिल्प विधान के प्रतिमानों को समझा रहा है। साहित्य के विकास को बता रहा है। पता लगाना होगा शायर के कद्दावर व्यक्तित्व का, जो रचना कौशल के लिए अपनी ललाट तक फुड़वा रहा है। अच्छा इस शायर के बारे में एक बात तो कन्फ़र्म है, शारीरिक रूप से निश्चित ही बलिष्ठ रहा होगा, तभी माथा खुलवा कर भी शेर पूरा करने का साहस कर सका।

अहा! कैसी उत्कृष्ट भावना है, कैसी धांसू परंपरा है। अब पता चला न क्यों ढूंढ़ रहा हूं। एक शेर और नज़र कर रहा हूं। ये शेर मुझे निजी तौर पर भी पसंद है -

"13 मेरा 7,
9 दो 11,
हम हैं राही प्यार के,
आती क्या खंडाला..."

ये शेर ज्योतिष और प्यार का अत्यंत गूढ़ रहस्य है। पहली लाइन 13 और 7 मिलाकर 20, दूसरी लाइन के 9 और 11 मिलाकर भी 20 हो रहे हैं। यानी अंकशास्त्र के मुताबिक़ योग 2+0=2 यानी दो अर्थात् हम दोनों, दो जो प्यार के पथ पर खंडाला नामक स्थल पर बसने की इच्छा रखते हैं।

फिर इस शेर में शायर की वृत्ति और स्थिति का भी विशद विवरण छुपा है, जिस तरह से अंकों का प्रयोग किया गया है, शायर निश्चित तौर पर शासकीय उच्चतर माध्यमिक स्कूल का गणित का अध्यापक रहा होगा, जो आमिर ख़ान का फ़ैन एवं फ़िल्मों का प्रेमी है। इसके अलावा उसकी पोस्टिंग गांव में है, जिसके कारण ही वह कक्षाओं के दौरान अपने शौक़ के लिए समय निकाल पा रहा है। स्कूल की ही किसी टीचर से नैन लड़ जाने के कारण वह खंडाला जैसे स्थल पर चलकर बातचीत करने आदि का संकेत दे रहा है। कुल मिलाकर सरकारी तनख़्वाह पर साहित्य की सेवा में रत है।

अब बताइए चार लाइनें, मात्र चार लाइनें दे सकती हैं इतनी जानकारी? अरबी-फ़ारसी के वज़नी शब्दों से अटे पड़े शेरों में है इतना माद्दा? तो आपका मानना है कि मैं ठीक ही पसीना बहा रहा हूं। ऐसे साहित्य को बाहैसियत रचयिता प्रकाश में लाना ही चाहिए। चलिए, हौसला अफ़जाई का शुक्रिया। चूंकि इस पूरे साहित्य में यही तो ख़ासियत है - इसमें विविध रंग हैं। आपने हिम्मत बढ़ाई ही है तो एक और शेर पेशे खिदमत है। इस शेर को ही लें, इसमें आलसियों-काहिलों के लिए विशेष रूप से कहा गया है -

"टाइम से पहले, लक से ज़्यादा
किसी को मिला है न किसी को मिलेगा..."

यानी सरल शब्दों में चुभती-सी बात कि काहिल भाईजान पड़े रहो, काम से क्या होता है, समय पर खुद ही सब मिल जाएगा, काहे हाथ-पांव हिलाकर हड्डियों को कष्ट दे रहे हो।

फिर इस मूल शेर पर बनाए गए शेर के शायर की मनोस्थिति के बारे में जानकारी भी शेर के पैकेज में शामिल है, अर्थात् भारी ट्राई करने पर न

मुशायरा मिला, न एक अदद ग़ज़ल या गाना बिका, थक-हार कर बैठे थे तो किसी खटारा मुशायरे में जाना पड़ा, जहां किसी घटिया म्यूज़िक डायरेक्टर ने सुना, बाद में बात बैठ गई और शेर-तुकबंदीनुमा गाने की शक्ल में किसी प्राइवेट एलबम में चल निकला, ट्रकों पर छा गया तो टैंपों रंग गए। लो जी साहब, वक्त आने पर क़िस्मत के सिकंदर बन गए, अदीब की दुनिया में 'आवाम के शायर' टाइप की पतली गली से दाख़िला पा गए। एक भाग्यवादी देश में शेर राष्ट्रीय 'पंचलाइन' बन गया। दो मज़दूर गलियों-चौबारों में बीड़ी सुलगाते हुए इसी शेर के सहारे अच्छे दिनों के ख़्वाब देखने लगे।

तो ये होती है दो लाइनों की ताक़त। दिमाग़ में क्रांति ला दे, अराजकता के हालात को नियतिवाद में तब्दील कर दे। अब इतने महान शायद को ढूंढ़ना न होगा, क्या कहते हैं। कितनी श्रमसाध्य खोज है मेरी, शायर की खोज, उसके अवदान का विवरण और परिस्थितियों की बारीक़ी में जाना ही है। अब जैसे इस शेर को ही लें...

"गाड़ी के कार्बोरेटर, तुझे हुआ क्या है,
आख़िर इस धकाधक धुएं की वजह क्या है..."

भई शायरी के बेहद मक़बूल रहे मूल शेर पर बनाए गए इस शेर का देसी शायर ग़ज़ल के लब्बो-लहजे से अत्यंत निकट का वास्ता रखने वाला जान पड़ता है। ऐसा इसलिए भी कर पा रहा हूं क्योंकि उसने जिस खूबसूरती से अलिफ़ के काफ़िए (अंतिम दो शब्दों की तुकबंदी) को बैठाया है, वैसा कोई साधारण शायर कर ही नहीं सकता।

बस के बोनट पर बैठकर यात्रा करते समय ड्राइवर की पीड़ा देखकर ट्रक-बसों की दुनिया की कालजयी लाइनें फूट पड़ी होंगी। ऐसी परंपरा से जानकारी मिलती है। फिर ये लाइनें ख़ासो-आम की श्रुति परंपरा के जरिए कालांतर में ट्रकों के पीछे, बसों के भीतर अपना यथायोग्य स्थान ले विराजित हो गई होंगी। व्यवस्था की विद्रूपता के ख़िलाफ़ भी ऐसा ही एक शेर मैंने एक कच्ची रोड पर जाते समय एक बस के पीछे लिखा देखा था -

"खलिहान में नहीं धान, हाड़ में नहीं जान
पत्थरों की जाजम, धूप का पैराहन,
क्या सूबा, क्या निजाम, कैसा ईमान,
कल्लू दे ढाबे पर सबको राम-राम..."

इस शेर का ज़ायका देखिए, भदेस आंचलिकता के साथ, ग़ज़लगोई की बारीक़ी, गांव की दुर्दशा के बारे में बताते हुए शायर कल्लू के ढाबे की तारीफ़ करता है कि वहां सबको बराबरी का अधिकार है। आइए-खाइए, सर्वहारावाद का मज़ा उठाइए।

इस शायर के बारे में मेरा मानना है कि यह प्राइवेट बस का कंडक्टर रहा होगा, जो किसी ख़ास ढाबे पर ही गाड़ी रुकवाकर कमीशन भी लेता होगा और बस के पीछे शेर लिखवाकर उसके विज्ञापन का पैसा भी वसूलता होगा। अब देखिए इतना प्रचुर साहित्य, इतने विविध रंग, किसी को तो संजोने की, व्यवस्थित करने की ज़िम्मेदारी लेनी थी, सो मैंने ले ली। आपको मेरी मदद करनी होगी। जब कोई ऐसा शेर कहीं लिखा देखें तो मुझे भेजें, उसमें गहन विश्लेषण, बैकग्राउंड का अध्ययन, विवरण शामिल होना चाहिए, ताकि दोनों मिलकर ऐसे साहित्य की अतुलनीय सेवा कर सकें।

तो फिर एक शेर पेशे ख़िदमत है। इसका शायर विषय के तरन्नुम की पिनक में ज़माने के स्वार्थी यारी के दस्तूर की क्या खूबसूरती से धज्जियां उड़ा रहा है...

"नशेड़ी यार किसके,
ट्रक तुम्हारा, पेट्रोल तुम्हारा,
उनने तो दम लगाया और खिसके..."

क्या भाई साहब, कुछ बोल नहीं रहे हैं। ये क्या फुसफुसा रहे हैं?

अच्छा! आप साहित्य एसोसिएशन की ओर से ट्रक किराए पर लेने जा रहे हैं, ताकि शेर लिखे ट्रक से ही मेरा तिया-पांचा कर सकें।

राम...राम... एक जिज्ञासु-अन्वेषक के साथ ऐसा व्यवहार?

एक्सक्यूज़ मी भाई साब... आपकी प्रवृत्ति-पृष्ठभूमि तो इस अंतिम शेर में बताए गए यारों के समान लग रही है। क्या सुन ही नहीं रहे भाईजान, कहानी सुन ली और खिसक लिए...

23

काइयांपन की स्विंग से हारे हमारे भोले पिलियर

दर्शक तक सालों ने इतने शातिर बैठा रखे थे,
जो हर शॉट पर तालियां बजाते थे।
हमारे वाले बेचारे तारीफ़ के भूखे हर बॉल पर वही शॉट
दोहराने लगते थे। वो तो स्लिप पर कैच होकर
पविलियन जाते समय ही पता चलता था
कि किस बेवड़े के चक्कर में विकेट फेंक आए।
दूसरी पारी में उतरे भी तो
इस बार तालियां बजाने वाली लड़की
निकल आती थी।

क्रिकेट बोर्ड को टीम इंडिया के मैनेजर का, हार के कारणों पर लिखा गया गोपनीय पत्र, जस का तस...

डियर सर,

आप लोगों को हार पर शर्मिंदा होने की कोई ज़रूरत नहीं है। जब हम ही शर्मिंदा नहीं हैं तो आप क्यों होंगे भला! इन अंग्रेज़ों ने मेहमान नवाजी पर कलंक, आतिथ्य पर बट्टा और सट्टा भी लगाया है। पहला टेस्ट जीतने के पीछे हमारी मेहनत और बाक़ी टेस्ट हारने के पीछे उनका काइयांपन है।

ये जानबूझकर पहला टेस्ट हारे हैं ताकि हम निश्चिंत होकर घूमने-फिरने में लग जाएं, ये मैदान मार लें। वैसे भी हमारे खिलाड़ी बीवियों, गर्लफ्रेंड को लेकर गए थे, सो लग भी गए। बेशरमों ने लिहाज किए बिना मैदान मार लिया। भोले हेंगे हमारे पिलियर... दूर-दूर की एक-दो जगह घूमना था सो एक टेस्ट तीन दिन में हार गए... चालाकी देखिए इनकी, खिलाड़ियों को घूमने की पांच जगहें और बता दीं। मजबूरी में तब एक टेस्ट ढाई दिन में हारना पड़ा। हालाँकि इससे शॉपिंग की पैकिंग का समय मिल गया। रिश्तेदारों के लिए ख़रीदा सामान भी ढंग से पैक हो गया। सर, सच कहूं संस्कारी हैं हमारे बच्चे...! इन्हीं संस्कारों का नतीजा है कि हम आईपीएल के अलावा कहीं हारने को हारना मानते ही नहीं!

वैसे सर, कुछ सीनियरों से बात हुई है। उन्होंने भरोसा दिलाया है कि जिन सालों ने बढ़िया गेंदबाज़ी या बल्लेबाज़ी की थी, उनसे तो अपने यहां आईपीएल में थर्डमैन पर फ़ील्डिंग करवाएंगे और बैटिंग पर तब भेजेंगे जब 4 गेंदों पर 40 रनों की ज़रूरत हो। बॉलिंग भी तभी देंगे, जब गेल छक्के पे छक्के जड़ रहा हो। तब देखेंगे इतनी गर्मी में गेंद कहां से स्विंग करवा लेते हैं।

और सरजी, दर्शक तक सालों ने इतने शातिर बैठा रखे थे, जो हमारे वालों के शॉट पर खड़े होकर तालियां बजाते थे। हमारे वाले बेचारे तारीफ़ के भूखे हर बॉल पर वही शॉट दोहराने लगते थे। वो तो स्लिप पर कैच होकर पविलियन जाते समय ही पता चलता था कि किस बेवड़े के चक्कर में विकेट फेंक आए। संकल्प लेकर दूसरी पारी में उतरे भी तो इस बार तालियां बजाने वाली लड़की निकल आती थी। लौटते में जमकर खेलने की ज़िम्मेदारी भी पीछे वालों को दे आते थे। ज़िम्मेदारी जब ज़्यादा ही पीछे ट्रांसफ़र हो जाती थी तो इशांत शर्मा पिनक जाता था कि बॉलर हूं बॉलिंग करवा लो। अब स्साली बल्लेबाज़ी भी हमसे ही करवाओगे क्या...? सो हार का ज़िम्मेदार इशांत है जिसने 'ज़िम्मेदारी' नहीं उठाई।

हार के लिए 12 से 15 नंबर के खिलाड़ी भी ज़िम्मेदार हैं। मैच के बीच में ही ये पब्लिक में जाकर लड़कियों को ऑटोग्राफ़ दे रहे थे। सीनियरों का दिमाग़ ख़राब नहीं होगा भला...! सो खुद आउट होकर ऑटोग्राफ़ देने के लिए बाहर आ जाते थे। ऐसे ही जब बल्लेबाज मैदान से इन्हें तौलिया-पानी लाने के लिए इशारा कर रहा होता था तो ये उसे ही इशारा कर देते थे

कि तू ही आकर ले जा। अपने खिलाड़ी ग़ैरतमंद, विकेट देकर बाहर आ जाते थे। कई बार गए भी तो झूठा कोल्डड्रिंक देकर आ गए। अब सीनियर खिलाड़ी कुल्ला पिच पर तो करता नहीं। दूसरे देश की साफ़-सफ़ाई का सम्मान रखने के लिए मैदान से बाहर आ गया।

कुल मिलाकर टीम बढ़िया खेली। जब हमने हार को हार माना ही नहीं तो खिलाड़ियों को क्यों ज़िम्मेदार ठहराएं।

धन्यवाद।

सादर

मैनेज प्रसाद

मैनेजर

विशेष निवेदन : इंग्लैंड तो घूम लिया। अगला टूर कनाडा में रखवाएं तो बेहतर... नए टूरिस्ट स्पॉट मिलेंगे और रिकॉर्ड भी सुधरेगा सो अलग...

24

इंटरनेट के सहारे गुज़र रही ज़िन्दगी जैसे इसे किसी के सहारे की...

कुल मिलाकर फ़ेसबुक के बिना फ़्रेंडविहीन होकर मर जाते।
फ़ेसबुक ही है जिसके चलते बब्बनजी चमकीले
नामक हमारे फ़्रेंड बता पाते हैं कि
आज उन्होंने समोसे के साथ मीठीवाली नहीं
हरी वाली चटनी खाई है, ये देखो फ़ोटो...!
दुनिया तो इतनी गोपनीय जानकारी से वंचित रह जाती...!

इंटरनेट के सहारे गुज़र रही है ज़िन्दगी जैसे,
इसे किसी के सहारे की आरज़ू भी नहीं है...

– बड़े मियां शायर

कभी-कभी मेरे दिल में ख़याल आता है ये ससुरा गूगल नाहीं होता तो क्या होता...? सवालों के जवाब कौन देता और हम बौड़म के बौड़म न रह जाते? और हद तो ये होती कि बौड़म का क्या मतलब है, यह भी बिना गूगल के जान ही ना पाते! चींटियों-तिलचट्टों की टांगों के बारे में हमें किसकी वजह से जानकारी मिलती। यूं कि मान लो दुनिया जहान के बारे में हमें कौन बताता? गूगल के बिना दुनिया-जहान के पर्यायवाची ही कहां से ढूंढ़ते? ऊपर से अब दालान में बैठे दद्दा को भी कोई डिस्टर्ब नहीं कर रहा है क्योंकि पोते खुद ही जवाब ले आते हैं कि विचित्रवीर्य कौन है? कुंती कर्ण की कुंवारी मां हतीं। जाते-जाते भीष्म का हस्तिनापुर से रिलेशन भी समझा

जाते हैं। सो अब कौन परवाह करता है कि दद्दा दालान में चारपाई जैसा ही एक सामान हो रहे हैं।

इसी तरह, कभी-कभी मेरे दिल में ख़याल आता है ये ससुरा फ़ेसबुक ना होता तो क्या होता...! तो साला अज्ञानी ही रह जाते। कभी फ्रेंडशिप ही नहीं समझ पाते...? समझ भी जाते तो करते किससे...! कुल मिलाकर फ़ेसबुक के बिना फ्रेंडविहीन होकर मर जाते। फ़ेसबुक ही है जिसके चलते बब्बनजी चमकीले नामक हमारे फ्रेंड बता पाते हैं कि आज उन्होंने समोसे के साथ मीठीवाली नहीं हरी वाली चटनी खाई है, ये देखो फ़ोटो...! दुनिया तो इतनी गोपनीय जानकारी से वंचित रह जाती...! फ़ेसबुक ना होती तो खुल्लम-खुल्ला किसी को भी लाइक करने जैसी कोशिश के बाद भी जूते खाने से बच जाने जैसी सुविधा और संतुष्टि कैसे मिलती। और तो और इस फुरसतिया देश को फ़ुलटाइम बिजी रहने का काम कहां से मिलता, सोचिए ज़रा...!

तभी तो, कभी-कभी मेरे दिल में ख़याल आता है ये ससुरा टेंपलरन नामक धांसू गेम ना होता तो क्या होता...! क्या अपुन जान पाते कि अपन भी 'भाग मिल्खा भाग' से तेज़ भाग सकते हैं। लंबी-लंबी कुलांचे भर सकते हैं। नदी-पहाड़-घाटियां फांद सकते हैं। भले ही घर के पांच क़दमों पर जाकर दूध का पैकेट नहीं लाएं लेकिन ज़रूरत पड़ने पर किसी हीरो की तरह दीवार के ऊपर से कल्टियां और पल्टियां मार सकते हैं। ये ससुरा कैंडीक्रश सागा गेम ना होता तो क्या होता...! हम तो कभी जान ही नहीं पाते कि रिक्वेस्ट कैसी भेजी जाती है। मनुहार के मॉडर्न मैथड क्या हैं। और केवल रिक्वेस्ट भेज-भेजकर ही किसी को भी आत्महत्या की दिशा में कैसे धकेला जा सकता है।

फिर कभी-कभी मेरे दिल में ख़याल आता है ये इंटरनेट ना होता तो क्या होता...! ये गूगल ये फ़ेसबुक ये गेम्स ना होते तो क्या होता? हांय...! इंसान क्या सभ्य और सुशिक्षित भी होता? ये चीज़ें ना होती तो हम तो पुराने जमाने टाइप एक दूसरे के भरोसे ही टाइम पास कर रहे होते। बात कर-करके एक दूसरे का माथा खा लेने टाइप फुरसतिया परंपराओं को ही सीने से चिपकाए रहते। कहीं एक-दूसरे के घर जाने टाइप की हरकतें फिर से ना करने लगते। क्या पता इन सब हरकतों से साला रिश्तों में ही फिर से गर्मजोशी ना भरने लगती।

सो कभी-कभी मेरे दिल में ख़याल आता है इंटरनेट उर्फ़ वर्चुअल वर्ल्ड और रिश्तों के बीच सही बैलेंस बनाया जा सकता तो ज़िन्दगी कितनी हसीन होती और बकौल शायर बिग बी...

"इंटरनेट के सहारे गुज़र रही है ज़िन्दगी जैसे, इसे अब किसी के सहारे की आरजू ही नहीं..." को मुकम्मल तौर पर ग़लत साबित किया जा सकता था।

25

ये बंदे अच्छे हैं... कुछ कच्चे हैं... हौसला रखते हैं...

सवा बोतल बीयर में ही जनरेटर की भड़भड़ाहट में धांसू डांस करने की कूवत रखते हैं। कई तो कमरा बन चुकी कमर के माध्यम से शकीरा टाइप हाहाकार मचा डालते हैं। 'ब्राजील...ब्राजील...' गाने पर वे इतना मादक तरीक़े से थिरकते हैं कि खुद सांबा डांसर देख लें तो ब्राजील छोड़कर दिन में तीन टाइम ट्यूशन लेने के लिए आ जाएं।

स्वाधीनता के इस महीने कुछ अनूठी प्रतिभा रखने वाले बंदों को नमन करके रहूंगा।

शुरुआती नमन उन बंदों को करना चाहूंगा जो किसी की शादी के नाम पर ही इतने नशे में आ जाते हैं कि सवा बोतल बीयर में ही जनरेटर की भड़भड़ाहट पर धांसू डांस करने की कूवत रखते हैं। कई तो ऐसे भी निकल आते हैं जो कमरा बन चुकी कमर के माध्यम से शकीरा टाइप हाहाकार मचा डालते हैं। 'ब्राजील...ब्राजील...' गाने पर वे इतना मादक तरीक़े से थिरकते हैं कि खुद सांबा डांसर देख लें तो ब्राजील छोड़कर दिन में तीन टाइम ट्यूशन लेने के लिए आ जाएं। लेकिन ये ट्यूशन देंगे नहीं क्योंकि ये कला को उस कला की तरह लेते हैं जो कल्लों में दो घूंट जाने के बाद फूटती है। इसे आजकल की तरह कमाई का ज़रिया बनाकर लजाएंगे नहीं।

इसी क्रम में अगला नमन नागिन डांस करने वाले उन कलाकारों को समर्पित है जो सड़क पर औंधे होकर बीन बने रूमाल के आगे ऐसे क़रारे झटके मारते हैं कि कहीं आसपास नाली वग़ैरह में छुपी नागिन देख ले तो कोमा में चली जाए। या यदि उनके पति नागराज ही देख लें तो नृत्य में इस कदर गहराई और समानता देखकर सीधे उन पर बदचलनी का इल्ज़ाम लगा दें। केवल एक रूमाल के आगे कला को इतनी ऊंचाइयां देने वाले सर्वथा सम्मान के योग्य हैं। हालाँकि डीजे के ज़माने में इस कला पर ख़ात्मे का ख़तरा भी मंडरा रहा है। लेकिन इस तरह के बंदों के रहते हम श्योर हैं डीजे भले ही फ़्लोर पर कितना भी नागिन डांस बजा ले लेकिन धूल-मिट्टी हो रही सड़क पर लेटकर नागिन जैसा मचमचाने वाले बीते दिनों की कहानी नहीं होंगे।

आगे नमन उन सभी बंदों के नाम कर रहा हूं जो किसी के ब्याह में जाकर दारू पीना अपना जन्मसिद्ध अधिकार मानते हैं। नीट ही नीट पीते हैं क्योंकि मानते हैं कि दारू देखकर मुंह में पानी ही इतना आ जाता है कि अलग से मिलाना पानी और दारू दोनों का ही छोटा वाला अपमान है। बाद में इनकी कला तीन पैग के साथ एक्सक्यूज़ मी...! एक्सक्यूज़ मी...! कहकर ऑन द स्पॉट इंग्लिश स्पीकिंग का फ़्री कोर्स करवाने के साथ शुरू होती है। ये इतने सॉलिड तरीक़े से इतनी ग़लत अंग्रेज़ी बोलते हैं कि आसपास के समस्त अंग्रेज़ीदां दहशत में आ जाते हैं। कान्वेंट वाले बच्चे भागकर मांओं की गोद में छुप जाते हैं।

वे देश की वर्तमान या किसी भी तरह की समस्या पर हर टेंस की टांग तोड़ते हुए इतना भयानक भाषण देते हैं कि खुद समस्या ही अंग्रेज़ी की इस समस्या के आगे द्रवित हो जाए। हाथ जोड़कर कह तक दे कि भइया, हमें तो बाद में सुलझा लेना पहले इंग्लिश की इस दुर्दशा पर ही ग़ौर कर लो। लेकिन इस तरह की किसी प्रार्थना पर “हूज...फूज...आर...दीज...” से लेकर “महात्मा गांधी वाज बोर्न इन पोरबंदर...ही वाज द ग्रेटेस्ट लीडर ऑफ़ द वर्ल्ड” वाला क़ातिलाना भाषण सुना सकते हैं...नहीं समझ में आए तो हर लाइन को तीन-तीन बार रिपीट कर डिटेल में बता सकते हैं। बाद में पार्किंग में आपके ड्राइवर को इसी तरह से आपके घर का रास्ता भी समझा सकते हैं।

अब एकदम से काम की बात पर आते हैं। ये सारे और प्यारे बंदे वही हैं जो इत्ती महंगाई में भी इन हरकतों के लिए हिम्मत जुटा ही लेते हैं। टमाटर के बढ़ते दामों के चलते रोज़ आलू की सब्ज़ी खाकर भी सांबा डांस की चुस्ती-फुर्ती रखते हैं। मैं इनके इसी जुझारूपन पर तो फ़िदा हूं। हालाँकि इन्हें एक नमन आपका भी तो बनता है क्योंकि ये जो करने का हौसला रखते हैं वो आप चाहकर भी नहीं कर सकते हैं, दिल पर हाथ रखकर सोचिए तो ज़रा...!

26

बदलाव हो जाते हैं, आप समझ नहीं पाते हैं

"हां लिखो, शुरुआत हमें करनी चाहिए इन
बड़े कमरों के पर्दों में बदलाव से, बल्कि पर्दे हटा ही दो...!"

"कमरे में पर्दों के बदलाव से... ?"

"हां, पर्दे हटेंगे तो नीतियों में पर्याप्त मात्रा में
प्राकृतिक प्रकाश पड़ेगा। तभी तो उन पर जमी पुरातन
धूल झाड़ी जा पाएगी, समझे...!"

"बदलाव लाओ...! कैसे भी लाओ! कहीं से भी लाओ! आई वांट बदलाव!" क़रारी आवाज़। "सर, वे बदलाव के लिए तैयार नहीं हो रहे हैं...!" निवेदन हुआ।

"ठस लोगों को हटाओ, मैं कहता हूं बदलाव लाओ...!" इस बार दहाड़। "सर, ढीठ टाइप लोग हैं, दे कांट प्रिपेयर फ़ॉर बदलाव...!" आवाज़ में विनम्रता का पुट। "आई वांट बदलाव ऐंड नॉथिंग एल्स, जो बदलाव के लिए तैयार नहीं हैं उन्हें व्यवस्था से उठाकर बाहर फेंको...!" गुस्सैल भाव-भंगिमा का अंदाज़ा बैठा लें।

"सर! उनकी जड़ें मज़बूत हैं। उखाड़े नहीं उखड़ेंगी। बरसों से बदलाव के ऊपर कुंडली मारकर बैठे हैं। बदलाव को बकवास साबित करते

रहते हैं...!" इस बार मिमियाने-सा स्वर। "इसीलिए तो बदलाव चाहिए। संपूर्ण बदलाव चाहिए। हर हाल में चाहिए। तुरंत लाओ। भई जनता कब तक इंतज़ार करेगी...!" चिंता से भीगी आवाज़।

"सर, वैसे बदलाव में आपको क्या-क्या चाहिए...?" अधीनस्थ टाइप जिज्ञासाभरी आवाज़। "बदलाव में हमें बदलाव चाहिए। न ज़्यादा चाहिए। न कम चाहिए। बस, बदलाव चाहिए...!" सामने वाले के प्रति आंखों और आवाज़ में तुच्छता भरे भाव की कल्पना लगेगी।

"सर, फिर भी कुछ दिशानिर्देश बदलाव की दिशा में मिल जाते..., ड्राफ़्टिंग में उपयोगी रहता...!" जिन आवाज़ों का सरकारीकारण हो जाता है वैसा विचारें।

"आप बरसों से काम कर रहे हैं और आप बदलाव नहीं समझ पा रहे हैं...!"

"सर...! सर...! सर...!"

"कुछ नहीं है, मैं कहता हूं कुछ नहीं है, एकमात्र शाश्वत है बदलाव। बाक़ी सब बातें हैं। आई वांट बदलाव। बदलाव स्थायी भाव है। जाकर बदलाव लाओ। आज से ही जुट जाओ, समझे...!"

"सर, फिर भी कुछ डायरेक्शन मिल जाता तो पॉइंट बनाने में सुविधा हो जाती!"

"तुम खुद नहीं सोच सकते। ख़ैर, सोच सकते तो सरकार में होते क्या...!"

"हें...हें...हम भी बदल जाएंगे सर, अच्छा सर, बदलाव की शुरुआत तो नीतिगत बदलाव के साथ ही होगी, लिखवा दीजिए ना...!"

"हां लिखो, शुरुआत हमें करनी चाहिए इन बड़े कमरों के पर्दों में बदलाव से, बल्कि पर्दे हटा ही दो...!"

"कमरे में पर्दों के बदलाव से... ?"

"हां, पर्दे हटेंगे तो नीतियों पर पर्याप्त मात्रा में प्राकृतिक प्रकाश पड़ेगा। तभी तो उन पर जमी पुरातन धूल झाड़ी जा पाएगी, समझे...!"

"जी, सर आगे...!"

"हां, तो आगे, लिखो-हमें कुर्सियां भी बदलनी चाहिए...!"

"सर, कुर्सियां भी...?"

“हां, नई में बैठेंगे तभी पुरानी मानसिकता से निकल बदलाव ला पाएंगे, समझे...!”

“जी सर, लिखा और...!”

“और हमें पुरानी गाड़ियां हटाकर एकदम नई गाड़ियां भी ले आना चाहिए...!”

“सर, नई गाड़ियां क्यों...?”

“अरे ताकि रफ़्तार दिखाई दे। यूथ रफ़्तार पसंद करता है, रफ़्तार समझे, और सुनो, कमरों के बाहर बैठने वाले चपरासियों को भी बदल देना चाहिए...!”

“क्यों सर? इसमें क्या राज़ छुपा है...?”

“अरे भाई ताकि फ़्रेश विचार बेरोकटोक भीतर आ सकें, समझे...!”

“जी सर, समझ गया, ठस व्यवस्था में बदलाव इन्हीं क्रांतिकारी उपायों के माध्यम से ही आएगा...!”

“एक्सीलेंट, तो जाओ काम में जुट जाओ, हमें बदलाव में देरी बर्दाश्त नहीं...!”

“जी सर...!”

सो मित्रों, बड़ी व्यवस्था में बदलाव ऐसे ही पैकेज में होता है। वहां तो क्रांति हो भी जाती है। कसूर तो आपका है, आप ही समझने में सक्षम नहीं होते...!

27

मोबाइल की राह में शहीद हुए हैं उनकी ज़रा...

कई के लिए तो रास्ते में कहीं चलते-चलते
बॉडी से टपक गई किडनी के बिना काम चलाना संभव है
लेकिन मोबाइल गिर गया तो जीने के लाले पड़ सकते हैं।
ऐसे ही कुछ के लिए मोबाइल तो छोड़िए,
चार्जर भी गिर जाए तो संसार तत्काल नश्वरटाइप हो सकता है।

देश इन दिनों मोबाइलमय है। दो बंदों को पायजामा एक चलेगा लेकिन मोबाइल अपना-अपना होना चाहिए, इस पर कोई कंप्रोमाइज नहीं होगा। और पायजामा भी एक ही टाइम में आधा-आधा पहन सकते हैं। कैसे...? अजी बंधु, ध्यान तो बातों में लगा था किसने देखा कि पायजामे में पहले से ही दूसरा एक पांव डाले खड़ा है। दूसरा वाला बंदा भी इसीलिए नहीं देख पाया कि वो भी कहीं और बतियाने में लगा था। उसका भी एक पैर बाहर था। हालाँकि इस तरह के सभी प्राणी इस बात पर पूरी तरह से सहमत हैं कि पैर भले ही बाहर उघड़ा रहे लेकिन मोबाइल नंगा नहीं होना चाहिए उसके लिए तो ससुरा धांसू कवर ज़रूरी है।

कई के लिए तो रास्ते में कहीं चलते-चलते बॉडी से टपक गई किडनी के बिना काम चलाना संभव है लेकिन मोबाइल गिर गया तो जीने के लाले पड़ सकते हैं। ऐसे ही कुछ के लिए मोबाइल तो छोड़िए चार्जर भी गिर जाए तो संसार तत्काल नश्वरटाइप हो सकता है। वैसे भी मेडिकल साइंस यदि

ढंग से खोज करे तो युवाओं में माइनर हार्टअटैक की बढ़ती घटनाओं के पीछे मोबाइल चार्जिंग पर लगाकर जाने और दो घंटे बाद आकर स्विच तो ऑन किया ही नहीं था, जैसे असली कारण मिल सकते हैं। लेकिन क्या है कि देश में कोई ढंग की रिसर्च करना ही नहीं चाहता।

कई बंदों में तो सुसाइडल इंडीकेशन केवल इसी बात पर भी मिलने शुरू हो सकते हैं कि साढ़े सत्रह मिनट तक कोई फ़ोन या अलर्ट या मैसेज नहीं आया है। अब रोटी-कपड़ा-मकान हो ना हो, मोबाइल चाहिए। बिजली हो ना हो, नेटवर्क नहीं कटना चाहिए। नेटवर्क कटा तो ज़िन्दगी की सांसें भी टूट जाएंगी। कई तो सड़क चलते ही मोबाइल में ऐसे भिड़े रहते हैं कि सीधे ट्रक से ही भिड़ जाएं। जिज्ञासु पूछ सकते हैं कि ट्रकवाला हॉर्न तो बजाता होगा। हां, बजाता तो होगा लेकिन कानों में डिबरी लगाकर ये वाले प्राणी गाने भी तो सुनते हैं फिर कौन सुने हॉर्न।

कई तो इतने जांबाज होते हैं कि दो-चार हज़ार की भीड़ के बीच बैठे हों और मोबाइल बज जाए तो तीन-चार सौ को रौंदते हुए निकल सकते हैं। खुल्ला मानते हैं ज़िन्दगी तो आनी-जानी है घंटी दोबारा नहीं आनी है। लब्बोलुआब ये कि सब मोबाइल में लगे हैं। वैसे आध्यात्मिक नज़रिए से देखा जाए तो मोबाइल जीते जी मोक्ष प्राप्त करने का बढ़िया टूल हाथ लगा है। आप दुनिया में हैं भी, लेकिन नहीं भी हैं। अपने के साथ हैं, लेकिन नहीं भी हैं। भीड़ में हैं लेकिन नहीं भी हैं। सो, क्लाइमेक्स वाक्य पर आते हैं - वैसे भी मोबाइल ने ज़िन्दगी से सुकून तो छीन लिया ही है बचा हुआ भी उस दिन छिन जाता है जब मोबाइल में अलग से भरा हुआ पूरा सामान किसी दिन बीवी के हाथ लग जाता है..., उस दिन 'मोबाइल की राह में शहीद हुए हैं उनकी ज़रा याद करो कुर्बानी' के अलावा बचता भी क्या है...! क्या समझे...?

28

वर्चुअल वर्ल्ड के वैरागी

"भक्तजनों! कुत्तों का सम्मान उनमें पाए जाने वाली
कुत्तेपन की मात्रा पर निर्भर करता है।
जो जितना कटखना होता है वो उतना आदरणीय भी होता है।"
"जबान पर नफ़े-नुक़सान का कंडोम चढ़ाकर बोले गए
वाक्यों से बांझ असर ही तो पैदा होगा,
बंधु!" हइया, विचार के साथ रबड़ का इस कदर फ़्यूजनभरा
इस्तेमाल देखा है कहीं?

नववर्ष पर प्रस्तुत हैं वर्चुअल वर्ल्ड के वैरागी...! एकदम ताज़ा, धुले-पुंछे, मॉडर्न टाइप। आधुनिक मनीषी। इंटरनेट पर निःस्वार्थ ज्ञान देने को तत्पर जीवों की नई नस्ल। ख़ासकर फ़ेसबुक, ट्विटर पर मौजूद। आरकुट पर तो चिरकुट जाते हैं हम भां काहे माथाफोड़ी करें, की फ़ीलिंग से लैस। ऊपर बताए गए ठीयों पर ही ज्ञान प्रदान करते हैं। लो...लो..., अबे! ले ना साले, सदियों का ज्ञान खुरचकर तुझे दे रहे हैं, तू काए में लगा पड़ा है। इफरात में ले और ज्ञानी हो जा।

मुद्रा भी ग़ज़ब! एक हाथ माउस पर धरे, नज़रें दूसरे की पोस्ट पर चिपकाए। शुरुआत अपने अकाउंट की वॉल से करते हैं। तनिक ठहरकर रिस्पांस देखते हैं। ज़्यादा लाइक नहीं किया गया, तो दूसरे की दीवार पर यही क्रिया दोहरा देते हैं। वैसे ये जो लिखते हैं उसे खुद संन्यासी या वैरागी ही पढ़ ले, तो वापस गृहस्थाश्रम में लौट जाए। आते ही टावरों पर चढ़कर दांतों से लाइनें काट दे। त्रिकालदर्शी टाइप ज्ञान की बौछार

करते हैं ये। इनकी वॉल के दुनिया को राह दिखाने वाले वाक्यों का मुलाहिजा फ़रमाइए...

"भक्तजनों! कुत्तों का सम्मान उनमें पाए जाने वाली कुत्तेपन की मात्रा पर निर्भर करता है। जो जितना कटखना होता है वो उतना आदरणीय भी होता है।" ये है 440 वोल्ट का ज्ञान। ऊपर से दुनिया से उम्मीद जबर है कि इसे अपने जीवन में भी उतार ले। कटखनी हो जाए।

ख़ैर इसे पढ़िए, "जबान पर नफ़े-नुक़सान का कंडोम चढ़ाकर बोले गए वाक्यों से बांझ असर ही तो पैदा होगा, बंधु!" हइया, विचार के साथ रबड़ का इस कदर फ़्यूजनभरा इस्तेमाल देखा है कहीं? चलिए एक और वॉल पर आध्यत्मिकता ऊंचाइयां देखते हैं।

"बच्चा! मनुष्य क्या है? चिल्लर सोच और छुट्टा करवाकर खड़े किए गए व्यक्तित्व का एक पुतला। एक्स्ट्रा हरामी, हाइली मूर्ख, एक्सीलेंट दर्जे का कमीना जो दुनियादारी के लेबल पर हरामज़दगी की एटपार दिव्यता रखता है। लेकिन जीवन का उद्देश्य यही है क्या? आपके पास 'हे राम!' कहने के अलावा कोई उद्देश्य है?"

सोचिए कभी पढ़ा है आपने इतना गहरा चिंतन...? एक पर और नज़र दौड़ाइए...

"कई मनुष्यों में पहनने की जीन्स के अतिरिक्त किसी चीज़ में टाइटनेस नहीं पाई जाती है। इसलिए तो इनके कैरेक्टर भी एक्स्ट्रा लूज़ ही होते हैं। इनके संबंधों में भी पारदर्शिता का स्तर इतना होता है कि ये अपनी सभी गर्लफ्रेंडों को आपने सभी दोस्तों की बदचलनियों के किस्से डिटेल में बताकर रखते हैं..." ग़ज़ब न, जीवन का ऐसा गूढ़ार्थ किसी ने आपको बताया है कभी? नहीं न!

तो इस तरह के जीवों को नमन कीजिए। इन्हें तत्काल अपने फ़्रेंडलिस्ट से अनफ़्रेंड कीजिए। वरना जान लीजिए आपको मॉडर्न ज्ञानी होने से कोई नहीं रोक सकता।

29

एक लंबी-सी फ़िल्म समीक्षा

अधिकांश दृश्यों में जानवर बैकग्राउंड में मौजूद हैं। कई जगह तो लगता है कि जानवरों की कमी के कारण इंसान को ही उनकी खाल पहनाकर बैठा दिया गया हो। एक बिल्ली जो कुछ ज़्यादा ही स्मार्ट थी, ओवर एक्टिंग कर रही थी। उसे छोड़कर बाक़ी जानवरों ने ठीकठाक एक्टिंग की है। ओवर एक्टिंग का इल्ज़ाम इंसानों पर ही आया है।

आप भी फ़िल्मों के भीषण प्रेमी हैं, मैं भी हूं। आज सुबह के अख़बार में एक फ़िल्म की विस्तृत समीक्षा छपी है, पढ़ रहा हूं। आप भी पढ़ लें, ताकि फ़िल्म देखने का निर्णय कर सकें। मैं अक्सर ही लोगों को अच्छी समीक्षाएं पढ़वाता हूं ताकि उनके साथ फ़िल्म देखने का लुत्फ़ उठा सकूं। क्या? अख़बार ज़रा साइड में कर लूं। आपका चेहरा दिख नहीं रहा, लीजिए कर दिया। अब ठीक है। 'जान देकर तुझे पाऊंगा... क़बीले की क़सम' (ए/बी/सी) रेटिंग - 5/5 कलाकार - युवा कुमार, जवां कुमारी। उत्कृष्ट कृति बनाने के चक्कर में निर्देशकीय कौशल न जाने कहां-कहां, यहां-वहां से गुज़र गया। साधारण सी कहानी को ज़बरदस्ती अतिरिक्त टच देने के प्रयास में कहानी बिखरी-बिखरी सी दिखाई देने लगी है। 'ट्रीटमेंट' का सौंधापन इसमें उल्लास तो भरता है, लेकिन नाज़ुक मोड़ों पर कहानी डिफ़रेंट एंगल की मांग करती है। ख़ैर, कुछ फ़िल्म पुराने निर्देशक इसमें भी अपनी सफल फ़िल्मों की ख़ूबियां दोहराते नज़र आए। 'बीच व बिकनी में देशभक्ति के डायलॉग'

के मौलिक दृश्य संयोजन की कल्पना फ़िल्म की विशिष्टता है। दृश्यों में खोए दर्शक डायलॉग सुन ही नहीं पाए, जबकि हीरो के अब्बा के मरने के दृश्यों में डायलॉग इतने भारी हो गए कि अब्बा दर्शकों की हूटिंग से पहले ही उन्हीं के बोझ तले दबकर मर गए। निर्देशक की 'क्लास' आइटम सांग में उभरकर सामने आई है, जहां फ़ाइट के दृश्य के बीच हीरो दूसरी मंज़िल से क्लब के शीशे की छत तोड़ते हुए नीचे गिरता है और धूल झाड़कर आइटम सांग में शामिल हो जाता है। पूरे समय उसके मुंह में खून लगा दिखाया गया है, जिसे वो आस्तीन से लगातार पोंछता रहता है। इसी बीच डांस में विलेन के गुर्गे भी पहुंच जाते हैं। वे भी सारे वाद्य यंत्र बजाते हुए हीरो को घेरते हैं। थोड़ी देर में क्लब में रखे हुए सारे आइटम एक-दूसरे पर फेंके जाने लगते हैं। लड़की आइटम की तरह खड़ी होकर टुकुर-टुकुर देखती रहती है। पब्लिक भी डर के मारे आइटमों की तरह एक जगह जड़ हो जाती है। हीरो वहां से डायमंड का आइटम लेकर भागता है।

विलेन भी म्यूज़िक के विभिन्न आइटमों को यहां-वहां फेंककर उसके पीछे भागते हैं। पब्लिक सक्रिय हो जाती है। लड़की फिर डांस करने लगती है। निर्देशक का दावा है कि इतना वास्तविक आइटम सांग पहले किसी फ़िल्म में आया ही नहीं है। यह उनकी सूझबूझ है, क्योंकि वे गिने-चुने मौलिक निर्देशकों में से एक हैं। वहीं, बर्फ़ की वादियों के दृश्य कमाल के हैं, इतने कमाल के कि पब्लिक को ठंड लगने लगती है। इतनी बर्फ़ है कि सबकुछ जमा-जमा सा लगता है।

हीरो-हीरोइन तक एक पेड़ के इर्द-गिर्द जमे हुए से नाच रहे हैं। 'ऐसे मौसम में जले गोरा बदन हौले-हौले' गाना चल रहा है, मुंह से भाप निकल रही है, चेहरे के अलावा पूरा शरीर कपड़ों का लबादा बना जा रहा है। गाना जलने-सुलगने का विवरण दे रहा है। कंट्रास्ट का अत्यंत ही उत्तम संयोजन बिठाया गया है। लांग शॉट में फ़िल्माए गए इस दृश्य में बर्फ़ ही बर्फ़ दिखती है। हीरो-हीरोइन कहीं रेंगते से दिखाई देते हैं। दृश्य अति उत्तम है। बर्फ़ में ही कहीं विलेन इस गाने के दृश्यों की फ़ोटो खींच रहा है, ताकि हीरोइन के बाप को दिखा सके। उसके मुंह से भाप निकल रही है, उसके दोनों गुर्गेनुमा दोस्तों के मुंह से भी भाप निकल रही है। विलेन उनसे कह रहा है, "इस साले को ज़िंदा इसी बर्फ़ में ना दफ़न किया तो कहना। लट्ठे की तरह चीर कर रख दूंगा। मेरी मंगेतर से आंखें लड़ाता है।" बोलते समय

दृश्य में कमाल की एडिटिंग दिखाई देती है। ऐसा लगता है, जैसे विलेन तले हुए अंगारे खाकर डायलॉग छोड़ रहा है। भाप ही भाप, बर्फ़ ही बर्फ़, हॉल में भी बर्फ़, दर्शकों के सीने में भी बर्फ़। आधी फ़िल्म तक तो रोमांस हो या फ़ाइट के दृश्य सब बर्फ़ीले रेस्तरां, खेत, पहाड़, वादियों में ही फ़िल्माए गए हैं। अजीब जमा देने वाली फ़िल्म है, क़सम से।

ऐसी सर्दी से दर्शकों के हाथ पॉकेट में ही जम गए तो टिकट खिड़की भी जम जाएगी। फिर वितरकों की सांसें भी जम जाएंगी। अंत में सिनेमा हॉल किसी बर्फ़ीले रेगिस्तान में बदल जाएगा। हालाँकि निर्देशक की हिम्मत की दाद देनी पड़ेगी कि उन्होंने प्रयोगों के प्रति निरंतर आग्रह रखा है। इसी के चलते उन्होंने अपनी दूसरी प्रेमिका को हीरोइन की बहन और भूतपूर्व प्रेमिका को उसकी मां के रोल में रखा है। वे ऐसे आग्रहों को लेकर बेहद दुराग्रही हैं। ख़ैर, फ़िल्म की कहानी एकदम मौलिक है। मौलिक इसलिए कि पूरी फ़िल्म में दर्शक इस मौलिकता को बस ढूंढ़ता ही रहता है। बर्फ़ में, पानी में, चरागाह में, बाग़ानों में यानी लगभग उन सभी जगहों में जहां हीरो-हीरोइन का पीछा करते हुए पहुंचता है।

इंटरवल के बाद कहानी में ट्विस्ट आता है, जब बैकग्राउंड एकदम रेगिस्तानी हो जाता है। दर्शक यहां किसी नए ट्विस्ट की उम्मीद करता है, लेकिन परंपरा का आग्रह यहां भी रंग दिखाता है।

बर्फ़ वाले सिक्वेंस गर्म रेतीले रेगिस्तानों में दिखाई देने लगते हैं। डायलॉगों में भौगोलिक क्लाइमेट परिवर्तन की इच्छाएं दिखाने के वशीभूत आग उगलने, जलाने-सुलगाने के स्थान पर "दो गोली तेरे सीने में उतारकर अपने बाप का कलेजा ठंडा करूंगा," नुमा हो जाते हैं। बैकग्राउंड चेंज के कारण को जानने की उत्सुकता में बैठा दर्शक काफ़ी देर बाद जान पाता है कि पहले वाला हीरोइन का गांव था, अब वाला हीरो का गांव है। इसके बारे में एक जिज्ञासु दर्शक अपने साथी को बता रहा था कि हीरोइन हीरो के गांव में इंटरवल के दौरान सफ़र करके पहुंची है। इंटरवल किए ही इसलिए जाते हैं कि इस तरह की तकनीकी व्यवस्थाएं पूर्ण की जा सकें। जो दर्शक इन महानुभाव टाइप जिज्ञासु दृष्टि, प्रवृत्ति के नहीं थे, वे कारण में फंसे रहने के कारण आगे की फ़िल्म में ध्यान नहीं लगा पा रहे थे। क्लाइमैक्स में हीरो-हीरोइन के क़बीले वाले बंदूकें लेकर आमने-सामने आ जाते हैं, जिसे दोनों बीच में खड़े रहकर टालने का प्रयास करते हैं, लेकिन गोलीबारी

शुरू होने पर भाग जाते हैं, लाशें गिरती रहती हैं, हीरो-हीरोइन भागते रहते हैं।

दृश्य परिवर्तन होता है, अबकी बार दोनों केरल में एक नाव में डुएट गा रहे हैं। नाव दूर जाती दिख रही है, फ़िल्म ख़तम हो जाती है। कुछ सदमा खाए दर्शक 'अभी पिक्चर बाक़ी है, कुछ और आएगा' के इंतज़ार में बैठे रहते हैं। हॉल वाले आकर ही उन्हें उठाते हैं, घर के लिए रवाना करते हैं। एक्टिंग के नाम पर पूरी फ़िल्म में तय करना काफ़ी मुश्किल रहा है कि किसने अच्छा काम किया है। सबने इतनी तन्मयता से अच्छा करने का प्रयास किया है कि चारों ओर घटिया-घटिया बिखर गया है। दर्शक कन्फ़्यूज हो जाते हैं कि किसका प्रयास सबसे 'अच्छा' रहा। हीरोइन पूरे कपड़ों में रही, हीरो पूरे समय गंजी-पायजामे में घूमता रहा, झरने से नहाने के चारों दृश्य पुरुषों पर हैं तो कबड्डी खेलने के तीनों शॉट महिलाओं पर फ़िल्माए गए हैं। क़बीलों को मिलाने वाला नक़ाबपोश लड़की की 'मां' होता है, जो इतना तेज़ घोड़ा ड्राइव करता है कि दोनों क़बीलों में से कोई उसका पीछा नहीं कर पाता। हीरोइन पूरे समय बकरियां चराती रहती है। हीरो सिगरेट-दारू में धुत पड़ा दिखाई देता है। हीरोइन को एक बार वह कुछ गुंडों से दारू की बोतल फेंक-फेंककर बचाता है। (हालाँकि गुंडों में वह भी शामिल होता यदि पीने के चक्कर में अड्डे पर छूट नहीं जाता तो।) हीरोइन को उससे प्यार हो जाता है। वह उसकी लत छुड़वाने में लग जाती है। हीरो उसकी बकरियां चुराने में भिड़ जाता है, ताकि रोज़ शाम के 'कोटे' का जुगाड़ किया जा सके।

अधिकांश दृश्यों में जानवर बैकग्राउंड में मौजूद हैं। कई जगह तो लगता है कि जानवरों की कमी के कारण इंसान को ही उनकी खाल पहनाकर बैठा दिया गया हो। हीरो की मदद करने भी अक्सर जानवर पहुंचते हैं। कहने का मतलब है, जानवर फ़िल्म का स्थायी भाव है। एक बिल्ली जो कुछ ज़्यादा ही स्मार्ट थी, ओवर एक्टिंग कर रही थी। उसे छोड़कर बाक़ी जानवरों ने ठीक-ठाक एक्टिंग की है। ओवर एक्टिंग का इल्ज़ाम इंसानों पर ही आया है। पूरी फ़िल्म में विलेन के छर्रे बेहद प्रभावित करते हैं। शायद उन्हें वास्तविक जीवन से उठाकर सीधे यहां खड़ा कर दिया गया था। गंदे बढ़े बाल, पीले दांत, बाजू में दारू की बोतल लिए एकदम भोले-भाले हरामख़ोर। ख़ैर, हीरोइन का रूटीन एकदम फ़िक्स है, घर से बकरियां लेकर निकलना। इसी बीच हीरो के साथ एकाध गाने में ठुमके लगा लेना, वापस आते समय विलेन

की टिप्पणियों पर उसके मुंह पर थूक देना आदि-आदि। उसके पिता भी पूरे समय दारू में टुन्न दिखाए गए हैं। जब भी थोड़ा होश में आते हैं, बेटी की शादी की चिंता करते हैं। इसी ग़म में फिर पीकर टुन्न हो जाते हैं। वैसे उनका नाम भी टुन्नी सरदार है। दारू पूरी फ़िल्म में सर्वत्र उपलब्ध है। ऐसा लगता है कि दारू के दरिये बह रहे हों। जहां हाथ डालो, वहां दारू। हर किरदार या तो दारू पी रहा है या जब नहीं पी रहा है तो पीने की सैटिंग में लगा है। इन कामों से निवृत्त होने के पश्चात थोड़ा-बहुत समय क़बीले के विकास की योजनाओं अर्थात् किस लड़की का किस पराए क़बीले के लड़के के साथ नैन-मटक्का चल रहा है, आदि को विस्तार में देते हैं।

इस दौरान परंपराओं के हवाले, पुरखों द्वारा की गई ऐसी ही किसी ग़लती का विवरण, जिसके कारण अब वर्तमान रिश्ता संभव नहीं है, आदि के विश्लेषण में लगाता है। इस तरह फ़िल्म में स्थापित किया गया है कि पात्र अपने क़बीले के हितार्थ घोर समर्पित हैं।

फ़िल्म के गीत-संगीत पक्ष में जलने-सुलगने, अगन-आग, मौसम-ठंडक-पानी-बारिश, ठंडी आहें-बर्फ़ सी यादें अर्थात् दोनों तासीर के शब्दों की बहुतायत है। संगीत भी बैकग्राउंड की मजबूरी में झींगा...लाला... नुमा क़बीलाई हैं, जो हर गाने में इतना डराता है कि लोग उसकी भयानकता से ख़ासे प्रभावित नज़र आते हैं। कोरियोग्राफ़र की तारीफ़ करनी होगी कि उन्होंने डांस सिक्वेंसों में किसी शरीफ़ शफ़्फ़ाक क़बीले वाली ही ड्रेसें पहनाई हैं, ऊपर से पत्तियां ज़रूर लपेट दी हैं। अन्यथा तो सीन की डिमांड तो बहुत ही ज़ालिमाना थी। दर्शक अंत तक तय नहीं कर पाता कि वह संगीत की भयानकता या डांस के जंगलीपने में से किससे ज़्यादा प्रभावित है। गानों की भयानकता से उत्पन्न इफ़ैक्ट के कारण महिला दर्शक पिक्चर का पूरा मज़ा नहीं ले पाती क्योंकि छोटे बच्चे इसी दौरान सू-सू की सर्वाधिक ज़िद करते हैं। क़बीले की ड्रेसें इतनी खूबसूरत हैं कि लगता है कि समस्त प्रतिभाशाली ड्रेस डिजाइनरों का जन्म इन्हीं क़बीलों में ही हुआ होगा। डिजाइनर ड्रेसें, डिजाइनर क़बीला, सजी-धजी लड़कियों को देखकर तो कई लोग ऐसे क़बीलों में रहने के बारे में गंभीरता से विचार करना शुरू कर देते हैं।

ओवरआल एक ख़ास टेस्ट के दर्शकों के लिए यह फ़िल्म बनाई गई है। बाकियों का तो खाना ख़राब होना तय ही है। फ़िल्म टिकट खिड़की पर जादू जगा सकती है बशर्ते जिनके लिए यह फ़िल्म बनाई गई

है, वे दर्शक वे ऐसे खाने में अपना टेस्ट ढूंढ़ने में कामयाब हो जाएं।

पूरी समीक्षा पढ़ने के बाद आपको निश्चित तौर पर समझ में आ गया होगा कि फ़िल्म कितनी क्लासिकल है। तो क्या तय किया आपने? कब फ़िल्म चलेंगे?... क्या कहा आपने...! मेरा टेस्ट भुला देंगे...! हमें पागल समझा है क्या...? ऐसी फ़िल्में बनाता कौन है...? वैसी समीक्षाएं लिखता कौन है...? तू किसका हिमायती है...!! अरे भाईसाहब, मैं तो आपको फ़िल्म प्रेमी जानकर ऐसी समीक्षाएं पढ़वा रहा था। आप तो मुझ पर ही नाराज़ होने लगे, मेरा कसूर क्या है? 'चुप्प..., अबे, चुप हो जा...फिर किसी को समीक्षा पढ़वाई तो...' (बैकग्राउंड से ढेर सारी आवाज़ें आ रही हैं। मैंने अख़बार समेटकर साइड में रख दिया है। ख़ैर इनकी तो जाने दीजिए)। एक्सक्यूज़ मी, एक मिनट भाईसाहब, हां क्या आप भी, मेरी तरह फ़िल्मों के प्रेमी हैं...?? तड़ाक...! तड़ाक...!! तड़ाक...!!!

इति।

30

सत्ता के लाइलाज साइड इफ़ेक्ट्स से कैसे बचेंगे

**बुजुर्गों का टीवी पर से अधिकार ख़तम हो चुका है।
अब वे तीन तरह की मुद्राओं, सात तरह के साउंड में खांसेंगे।
चुनाव के दौरान सरकार बनवाने वाला नैतिक बल
इतना था कि बच्चे या बहू में से कोई भी
उन्हें टीवी के सामने से हटाने का जोखिम नहीं ले सका था।
अब वे पुनः विस्थापित होकर
अपने कमरे में शिफ़्ट हो चुके हैं।**

अलसभोर के पश्चात का समय है। सूर्यनारायण उदित हो रहे हैं। मंद समीर (हवा लिखने में लेखक की हवा नहीं बंधती) चल रही है। कुल्ला-मंजन करते लोगों के सामने भविष्य का प्रश्न उभर आया है। कस्बों में दुकान-प्रतिष्ठान खुल रहे हैं। कुछ फ़ोकटिया लोग पहली धार की जलेबी खाने के चक्कर में हलवाई की कढ़ाई के सामने जम चुके हैं। यहां-वहां पड़े श्वानों ने अधखुली आंखों से सतर्कता के साथ चारों ओर का माहौल देखा, कुछ वरिष्ठ क़िस्म के श्वानों ने उन्हें रात में ही बता दिया था कि अब आड़ा वक्त आने वाला है। पत्थर सन्नाए जा सकते हैं। पिछवाड़े पर ज़ोर की लात पड़ सकती है।

चुनावी चिल्लपों ख़तम हो चुकी है। मतदाता वाला हनीमून पीरियड समाप्त हो गया है। अपने लोकल सपनों के साथ आम इंसान अगले पांच साल के लिए एकदम आम इंसान बन चुका है। इसलिए किसी भी तरह की

लोकल हरकत करने में संकोच नहीं करेगा। घरों में भी विकट हालत है बुजुर्गों का टीवी पर से अधिकार ख़तम हो चुका है। अब वे तीन तरह की मुद्राओं, सात तरह के साउंड में खांसेंगे। चुनाव के दौरान सरकार बनवाने वाला नैतिक बल इतना ज़्यादा था कि बच्चे या बहू में से कोई भी जनभावना के विरुद्ध उन्हें टीवी के सामने से हटाने का जोखिम नहीं ले सका था। अब वे पुनः विस्थापित होकर अपने कमरे में शिफ़्ट हो चुके हैं।

चुनावों के आसरे उनके मीलों से लंबे दिन काट रहे थे। बीमारियों पर रैलियों और रोड शो ने ग़ज़ब का असर दिखाया था। डायबिटीज़ और गठिया पर भाषण भारी पड़ गया था। घरवालों को भी मतदान का महत्त्व और देश के प्रति कर्तव्य का पुनीत पाठ पढ़ने के अहसास ने नई ऊर्जा दी थी। अब सब रूटीन है, उसी पुरानी खांसी के सहारे टाइम पास होगा।

बुद्धिजीवियों का हाल तो और भी बेहाल है। वे सूखी और पथराई आंखों से एक-दूसरे को देख रहे हैं। कॉफ़ी आ रही है लेकिन ठंडी होकर वापस जा रही है।

सिगरेट सुलग रही है लेकिन अंदर का कलेजा उससे ज़्यादा तेज़ी से फुंक रहा है। "चुनाव ख़तम हो गया है बंधुओं...!" इको सी करती एक महीन आवाज़ निकली फिर चहुंओर मौन छा गया। सरकार उनकी बनी लेकिन गाज इन पर गिरी। सबसे बड़ा काम ही छिन गया। अब किस बहस के सहारे दिन निकलेंगे। कौन-सा समीकरण खाना पचाएगा। और साला लिखेंगे किस पर? चुनाव क्या ख़तम हुए, सारे विषय भी गुज़र गए।

यूथ नामक जो रेयर स्पीशीज इस चुनाव में पहली बार जमकर दिखाई दी थी, वह देश के नाम अपना अवदान वग़ैरह देकर आगे की क्रांतियों के लिए सोशल नेटवर्किंग वाली अपनी पसंदीदा वर्चुअल बसावट में लौट चुकी है। हालाँकि ऊपरी साइड इफ़ेक्ट्स के इलाज का मुझे भरोसा है लेकिन सत्ता के साइड इफ़ेक्ट्स से बचने का कोई तरीक़ा है आपके पास...!

31

भगवान कभी नेता रूप में अवतरित नहीं होने वाले

**भरोसेमंद परंपरा रही है।
ईश्वर न्यूट्रल रहेंगे, हर तरह की पार्टीबाज़ी से बचेंगे।
इलेक्शन तो ईश्वरत्व के लिए ही चुनौती दिख रहा है।
फिर विचारधारा तो हमेशा से सर्वहारा के
उत्थान की रही है। लेकिन सर्वहारा की बात करने पर
कहीं लेफ़्टिस्ट मानकर किसी खांचे में न डाल दिया जाए।
और विश्वकल्याण तो हज़ारों सालों से ख़ुदाई
मेनीफ़ेस्टो रहा है। इसमें क्या चेंज होगा भला!**

घोर कलियुग है। चुनाव सिर पर है। फुल चिल्लपों मची है। अवतार लेने का बख़्त आ चुका है - भगवान मुस्कराए। मुस्कराहट कम हुई तो चिंता सताने लगी-कौनसा अवतार लें। भगवान जब चिंतित होते हैं तो चहुंओर खलबली मच जाती है। देवता हिल जाते हैं। चूंकि इंद्र के पास एडिशनल ज़िम्मेदारी है सो उसका सिंहासन डोलता है। वैसे सिंहासन किसी का भी हो, डोलना ही उसका मुख्य धंधा है। चुनावी दिनों में डोलने का काफ़ी काम निकल आता है।

तो अवतार की घड़ी है। चिंता बड़ी है। बात यहीं अड़ी है किस रूप में अवतरित हो जावैं। भगवान ने त्रिकालदर्शी वाला मॉनिटर ऑन किया।

जनता का उद्धार करें! देश का भी कल्याण करें! नेता बन जावैं! वैसे भी जनता ऊपर की तरफ़ ही निगाहें लगाए है। भगवान ने खुद को संयत किया। घबराहट है लेकिन इनकार नहीं किया जा सकता है। पीछे नहीं हटा जा सकता है। तय रहा नेता रूप में ही अवतरित होंगे।

अब भगवान ने अवतार की बेसिक क्वालिफ़िकेशन पर ग़ौर करना शुरू किया। पार्टी बनेगी। विचारधारा रखनी पड़ेगी। मेनिफ़ेस्टो में वादे होंगे। पहले ही मुद्दे पर भगवान द्वंद्व में डूब गए। पार्टी कौन-सी हो।

ईश्वर किसी पार्टी में कैसे हो सकते हैं? भरोसेमंद परंपरा रही है। ईश्वर न्यूट्रल रहेंगे, हर तरह की पार्टीबाज़ी से बचेंगे। इलेक्शन तो ईश्वरत्व के लिए ही चुनौती दिख रहा है। फिर विचारधारा तो हमेशा से सर्वहारा के उत्थान की रही है। लेकिन सर्वहारा की बात करने पर कहीं लेफ़्टिस्ट मानकर किसी खांचे में न डाल दिया जाए। विश्वकल्याण तो हज़ारों सालों से खुदाई मेनिफ़ेस्टो रहा है इसमें क्या चेंज होगा भला! लेकिन अगले ही पल भगवान फिर चिंता में डूब गए। इस मेनिफ़ेस्टो से मानवजाति तो एड्रेस हो रही है, जातियां एड्रेस नहीं हो पाएंगी। उसे एड्रेस किए बिना तो इस देश में खुद खुदा भी चुनाव नहीं जीत सकता है। ईश्वर व्यावहारिक हैं जानते हैं विकट स्थिति है। लेकिन है तो है।

अचानक उन्हें नारे की भी याद हो आई। चुनाव में खड़े होंगे तो कोई सॉलिड-सा नारा भी तो लगेगा। “अबकी बारी, हरि-हरि...” जांचा-परखा-खरा सा नारा उन्हें कुछ जमा भी। लेकिन लगा चुनावी मौसम में कोई अपने बाप पर भी भरोसा नहीं करता है फिर नारा कैसे पॉपुलर बना पाएगा?

बाक़ी चुनावी ज़रूरतों पर विचार किया तो लगा चमत्कारों की आदी जनता को कुछ आलौकिक दिखा दिया जाए तो काम बन सकता है। फिर याद आया, चमत्कारों से जनता का पिंड छुड़ाना ही तो उद्देश्य है। कहीं चमत्कार दिखा भी दिए तो अपनी निश्चित ही शिकायत हो जाएगी। आयोग कार्रवाई कर देगा। चुनाव लड़ने के ही अयोग्य हो जाएंगे। हाय राम! भगवान विपदा में डूबे भक्तों का कल्याण नहीं कर सकते हैं। अवतार ही उद्देश्य की पूर्ति नहीं कर पा रहा है।

भगवान ने ‘हे ईश्वर!’ वाली मुद्रा में अपने हाथ ऊपर उठा दिए। ऊपर से सबसे दाग़ी उम्मीदवार का चुनावी पैम्फ़लेट हाथों में आ गिरा -

'सच्चे-ईमानदार को चुनिए। दुखियों का कल्याण जिसका मिशन-देश चलाने का जिसमें विज़न हो। धोखा मत खाइए, ऐसे एकमात्र उम्मीदवार के निशान पर बटन दबाइए।'

भगवान समझ गए। वे भगवान हो सकते हैं, नेतागिरी उनके बस की बात नहीं है। तबसे, भक्त हर पांच बरस में उम्मीद लगाते हैं बेचारों को पता नहीं है भगवान कभी नेता के रूप में अवतरित नहीं होने वाले...!

32

सूरमा भोपाली का एक्सक्लूसिव इंटरव्यू

'पठान मियां, अबे तुम ज़िन्दगी में कुछ 'सिलो'
चलोगे तो तब ना जानोगे तहज़ीब को,
उर्दू के शब्द रट लिए, तहज़ीब-तहज़ीब करने लगे।
पहले दिमाग़ पर झाड़न फिराओ मियां।
अबे, तहज़ीब कोई विलायती फ़ूड जैसी ऐसई-वैसई चीज़
है क्या कि खाया और 'रैपर' फेंका।
यिहीं दिल-जिगर-फेफड़ों में बसी है
तहज़ीब-अखलाक-रवायतें।
क़सम से, क़ब्र में भी साथ जाएँगी।

सूरमा भोपाली फिर बुधवारा की गली के मोड़ पर मिल गए। उसी ख़ास गली के मोड़ पर जहां वे फ़िल्मों में जाने से पहले 'रहते थे,' मजमा जमाते थे। हालाँकि अब हाल बदरंग है लेकिन उनकी लकड़ी की टाल पर अभी भी कुछ चमक बाक़ी है। वे भी अपने पुराने रंग में बदस्तूर बोलने की मशीनगन बने हुए हैं।

यानि गली-टाल, वे और उनका मजमा हमक़दम-हमनवां टाइप दिखाई दे रहे हैं। वे गली के मोड़ पर इसलिए मिलते हैं कि यही वो ऐतिहासिक 'ठिया' है जहां वे ज़ाहिरा तौर पर बैठकर उन-उन को सुन-सुना और गरिया सकते हैं। जिन्हें वे कई बार भोपाली 'तहज़ीब' के कारण 'बख़्श' देते थे। अब वे जब गली के मोड़ पर टकरा ही गए तो बात जम गई कि

उनका एक इंटरव्यू ही कर लिया जाए। क्या पता वे कब फिर फ़िल्मों की ओर रुख़ कर लें ।

"...और सुनाओ सूरमा भाई, क्या चल रहा है?" हमने कहा।

सूरमा भाई - "अमां पैलवान, चलेगा क्या? वोई चल्लरिया है!"

"वोई, सूरमा भाई... वोई क्या?" इस बार हमें कुछ अतिरिक्त जानने की कुनमुनाहट हुई।

सूरमा - "अमां भाई, तुम तो बिना गियर के इस्कूटर हो रिये हो, वोई माने एकदम झक्कास चल्लरिया है। जब से भोपाल लौटा हूं ज़िन्दगी में सुकून आरिया है। बोडी पे मटन के पिलस्तर चढ़ रिये हैं, उदर बांबे में तो बोत ही भन्नाट लाइफ़ हो री थी!"

"पर सूरमा भाई बांबे और भोपाल में अब क्या अंतर बचा है? वो ही क्राइम, बिल्डिंगें, वैसे ही लोग।" हमने अपनी अतिरिक्त जानकारी का प्रक्षेपण किया।

सूरमा भाई - "मियां पठान, तुम्हारे तो पिलग-पोंट में गर्दा आरिया दिखता है। बांबे में तो खोपड़ी श्ययाली ज़ीरो बटा सन्नाटा हो री थी। भां तो कन्ने कट गिये थे अपने, दिमाग़ चरिया हुआ तो रवान्नगी डाल ली। सिटी तो 'खां' भोपाल है, जन्नत है, मियां जन्नत। वोई तालाब, वोई झीलें, झां घुसते ही तीन रोज़ तो बिरयानी की जगह मियां अपन तो यहां की देसी हवा ही खाते रहे।"

"पर सूरमा भाई देखो तो झीलें-तालाब कितने गंदे हो रहे हैं?" अब शहर के बारे में हम साक्षात एफ़एमनुमा प्रसारण पर उतर आए थे।

सूरमा भाई - "खां, तुम मामूपने की बात कौं कर रिए हो। दो लपाड़ लगाउंगा रख के अबी तो नई तालीम की चर्बी रोड पे फैल के नाली में बैठ जाएगी। तुमको ज़रा बिठा के चोंच से चोंच का भिड़ाई। तुम तो साले 'सेर' (शहर) पे 'भट-सुअर' चलान लगे। देखो पैलवान झां क़ायदे की बात करना हो तो बैठो नईं तो निक्कललो पतली गली से। साले! खुद से तो कुछ हो नहीं सकता, 'सेर' को कोसने चले आरिये हैं। पैले भी एक 'खां' ने ऐसई जुर्रत की थी। अपन ने रख के एक लपाड़ दी तो साला हियां पैरे में गिर के रोन लगा। बोला, सूरमा भाई ग़लती हो गई। हमने भी कहा अबकी हो गई, सो हो गई, दुबारा हुई तो ऐसी कनपटी बजाउंगा कि साउथ में बोडी

नार्थ में घूम जाएगी। अपने 'सेर' की बेज्ज़ती पे तो अपन साले जय-वीरु को ना बख़्शें..."

"जय-वीरु...! सूरमा भाई, जय-वीरु क्या कर रहे हैं आजकल? उनकी दोस्ती का क्या हुआ?" हमें आंखों के सामने *शोले* की मोटरसाइकिल में दोनों आते साक्षात् दिखने लगे।

सूरमा भाई - "लाहौल विला कुव्वत, 'अमां' पठान, तुम्हारी याद्दाश्त का तो क़सम से 'चुम्मी' लेने को दिल चारिया है। क्या भिन्नोट बात याद दिला रिये हो 'मियां।' ख़ैरियत से हैं दोनों। वो लंबा वाला मिल गया था 'भां' बांबे में वीटी 'इसटेशन' पर फिर रिया था, हमने भी लपक कर गिरेबान पे हाथ डाल दिया। पूछा कौं 'खां' यिहां कां तफ़रीह कर रिए हो। बोला, गांव से वीरु आ रिया है। हमने भी रख के दिया। का-धन्नो के साथ?"

"लंबू बोला-नईं सूरमा भाई बसंती के साथ वईं गांव में रैता है, खेती करता है, बीच-बीच में 'भतीजों' को देखने मैं भी आता-जाता रैता हूं। सुनके 'खां' अपन ने तो जय को भईं झाड़ पिला दी। का 'पठान' वो तो उधर सैट हो गया, तू क्यों झां मर रिया है। भईं क्यों नईं चला जाता। सुनकर 'खां' लंबू मेरी बुश्शर्ट पकड़कर रोने लगा, बोला-झां बुढ़ापे में भी खूब काम मिल रिया है, सूरमा भाई कैसे जाऊं...? मैंने भी कै दिया, तू भोपाल आजा भईं रहेंगे, बोला-मेरी तो नज़्दीकी है तुम्हारे 'सेर' से, तुम्हारी भाभी भईं की तो हैं। ख़ूब आया हूं। क्या 'सेर' है, क्या लोग हैं, क्या तहज़ीब है, क्या झीलें हैं, क्या कबाब हैं..., वहीं बैंच पे बैठा के हाथ नचा-नचा के लंबू 'सेर' के लिए 'वाइस ओवर' करने लगा।"

"हमने तो उसे वीरु की ट्रेन दिखाके दुड़की मार ली। नई तो 'खां' शहर के नाम पे इतना 'इमोसनल' हो के फैल रिया था लंबू कि वीरु को लेने के बजाए दूसरी ट्रेन से हमारे साथ भोपालई आ जाता। बड़ी मोहब्बत है लंबू के दिल में 'सेर' के लिए।"

"...और सूरमा भाई शहर का चक्कर लगाया क्या?" अबकी बार हमने भी कुछ 'इमोसनल' होते हुए लोकल मामलात में उनका फ़ीडबैक चाहा।

सूरमा भाई - "...तो का झां बैठ के कनकौवे उड़ा रिए हैं 'खां।' मिनी बस में घूम के देखा है पूरा 'सेर।' क्या भिन्नौट आवाज़ें लगाते हैं। दस... ग्यिरह... बारह... नाका! कौं 'खां' कां जाना है? ऐसा लगता है सारी उमर झईं बसों में बैठा घूमता रहूं।"

अबकी बार सूरमा भाई 'नासटेल्जिक' होते से दिख पड़े। हमने भी बात बदली और कहा - "सूरमा भाई भोपाली तहज़ीब के बारे में कुछ बताओ, कुछ चेंज दिखा क्या? या वैसा ही सब कुछ लग रहा है आपको।"

सूरमा भाई - "पठान मियां, अबे तुम ज़िन्दगी में कुछ 'सिलो' चलोगे तो तब ना जानोगे तहज़ीब को, उर्दू के शब्द रट लिए, तहज़ीब-तहज़ीब करने लगे। पहले दिमाग़ पर झाड़न फिराओ मियां।" अब सूरमा भाई नफासत-नज़ाकत का क्रिया-कर्म करके मुझ पर निकलते से दिखे। बोले - "अबे, तहज़ीब कोई विलायती फूड जैसी ऐसई-वैसई चीज़ है क्या कि खाया और 'रैपर' फेंका। यिहीं दिल-जिगर-फेफड़ों में बसी है तहज़ीब - अखलाक-रवायतें। क़सम से, क़ब्र में भी साथ जाएगी।"

अबकी बार सूरमा भाई के चेहरे पर मुझे 'दिल' नज़र आने लगा। वे फिर बोले - "तुम्हारी इंगलिश... चंद रुपए... रिश्तों को, भाषा को भुला देंगे क्या?"

अब सूरमा भाई की आंखें छलकने लगीं और मुझे अपनी बात पर अफ़सोस सा होने लगा। अरे, इसलिए नहीं कि सूरमा भाई 'इमोसनल' हो रहे हैं, बल्कि यूं कि वे अब ज्ञान देने वाले थे। हां-हां करने पर भी और न-न करने पर तो और भी ज़्यादा कि शायद मैं ठीक से समझ नहीं पा रहा हूं इसलिए। सामने वाले को गंभीर होता देख पुरानी बीमारी की तरह उनकी लीडराना प्रवृत्ति उभरने सी लगती थी।

मैंने भी बातों को गियर कुछ बदलते हुए उनसे पूछा कि कब के गए आप अब लौट रहे हैं। इतने वर्षों में शहर में क्या बदलाव देख रहे हैं?

सूरमा भाई - "अमां मियां, 'बनकबाब' खाओ, नमकीन चाय पिओ तो तुम्हारे भेजे की वर्जिश होगी और जे ऐसई-वैसई बातें भां से निकलना बंद होंगी।"

कहकर सूरमाभाई फिर 'लपका' लेने लगे। बोले - "जां तुम्हें बता-बता के हलक़ सुखो रिया हूं कि 'सेर-सेर' है, जाफ़रान जैसा... महक जाती नईं है, तुम हो 'मियां' कि राशन-पानी लेकर 'सेर' पर चढ़े-दौड़े आरिए हो। ज़िंदा कौमों की खुश्बू से महकता है 'सेर।' तुम तो अमां क़ब्रिस्तान के चिराग होरिये हो रोशनी के बजाए लपलपाते ही जारिये हो। हमें देखो मियां पूरी उमर 'सेर' के नाम खाते रहे, भाषा के नाम पर रोज़ी चलाते रहे। मां जैसा 'सेर' ने संभाला-भाषा-हुनर दिया। आज सूरमा भाई का इंटरव्यू कर

रहे हो खां, कौं सूरमा भाई भी हस्ती बन गया है इसलिए न। अपने लोग की दुआ से क़ाबिलियत आई है। जो लोग 'सेर' में बुराइयां देखते हैं। मेरे कन्ने एकबार लाओ तो ज़रा सीना खोल कै 'दिल' दिखाएगा सूरमा भाई। नईं तो लपाड़ा लगाकै भेजे की बैटरी के वायर टाइट कर देगा।"

सूरमा भाई फिर पुराने रंग में आते दिखाई देने लगे। मैं भी उन्हें उनके मजमे के हवाले करके निकल लिया। दिल में कसक लिए कि शहर को बिसूरते लोगों को काश! एक बार में सूरमा भाई का यह 'एक्सक्लूसिव इंटरव्यू' पढ़वा सकूं।

33

टेकं लोनं, घृतं पिवेतः

भौतिक सत्यापन, ऐसा जटिल शब्द
इस आंग्लभाषी कपटी शिष्य के सामने।
अभी मुंह चौड़ा करके 'ट्रांसलेशन' की मांग न कर बैठे।
ये फफूंद भी ना जाने कहां से पैदा हो गई?
गुरुजी मन ही मन खीझे। ऊपर आंखों में विद्वत्ता की चमक
भरी, लेकिन दिल के झंझावातों के दौर में उतनी
अनुकूल चमक पैदा नहीं हो पाई,
इतने से ही काम चला लेंगे, उन्होंने सोचा।

आधुनिक युग में इंडिया के आकाश के ऊपर से तीव्र गति से चार्वाक ऋषि की आत्मा गुज़र रही है। साथ में कुछ हलके मंझोले शिष्य भी इस अनंत मात्र में उन पर बोझ बने चिमटे हुए हैं। ऋषि भौतिकवाद का आनंद नहीं ले पा रहे हैं। शिष्य सिद्धांत समझने के नाम पर उन्हें खसोटते से रहते हैं। शिष्यों में एक परवर्तीकाल में उनके सिद्धांतों के अनुसरण द्वारा 'मोक्ष' को प्राप्त हुआ कुछ ज़्यादा ही वाचाल प्राणी है। अपनी मातृभाषा आंग्ल का प्रचंड प्रेमी भी है। अतः ऋषि को इससे बराबर 'डर' बना रहता है। बाकियों के सामने आंग्ल भाषा में ना जाने क्या गिटपिट करता रहता है। वो तो उनका अनुभव है, जिससे वे 'सिचुएशन हैंडल' कर लेते हैं, अन्यथा तो बाक़ी शिष्यों के किसी और ज्ञानी संप्रदाय की ओर खिसकने का ख़तरा भी तैयार रहता है। फ़िलहाल वे मुंबई के 'स्काई जोन' में कुछ ठिठक गए हैं, नीचे मायानगरी असंख्य लाइटों की आगोश में भौतिकवाद - ऐश्वर्य के

शीर्ष पर दमक रही है। शिष्यों की ओर नज़र डालते ही समझ गए 'ज्ञान' देने का अद्‌भुत अवसर। मूढ़ शिष्यों को ज्ञान वर्षा से सराबोर कर 'स्नातक' ही बना देना चाहिए।

शिष्यों! कुछ ऋषिमय पोज में उन्होंने समूह को संबोधित किया।

"आज्ञा," शिष्यवृंद मिमियाती-सी आवाज़ में बोला।

"देखो, हमारे सिद्धांतों का भौतिक सत्यापन, इस नगरी की ओर देखो, विलास में डूबी नगरी की ओर चक्षु ले जाओ।" बोलने को तो उन्होंने बोल दिया। भीतर ही भीतर कांप गए। भौतिक सत्यापन ऐसा जटिल, शब्द इस आंग्लभाषी कपटी शिष्य के सामने। अभी मुंह चौड़ा करके 'ट्रांसलेशन' की मांग न कर बैठे।

फिर मुनिवर ने शिष्यवृंद को घनघोर निगाहों से देखा - "देखो तो कैसे दीदे फाड़कर देख रहे हैं। पाखंडी कहीं के, जैसे जीवन में सुख भोगे ही न हों।" फिर गुरु गंभीर हुए, बोले -

"नैना बंद कर लो शिष्यों, कहीं नेत्र कोटर लोलुपता में ज़मीन पर ही न गिर जाएं।" फिर कहा - "यहां रहते हैं हमारे संप्रदाय के धरा पर सर्वश्रेष्ठ निवासी, नाम ही इसका मायानगरी है। सुख-भोग्य ही इनका परम ध्येय है शिष्यों।"

"सूखा-भोगया, मीन्स गुरुजी आई डोंट अंडरस्टैंड," आंग्लभाषी कहीं नज़रें गड़ाए-गड़ाए एकाएक बोला।

"हो गया न बंटाधार, ये फफूंद भी ना जाने कहां से पैदा हो गई।" गुरुजी मन ही मीन खीझे। ऊपर आंखों में विद्वत्ता की चमक भरी, लेकिन दिल के झंझावातों के दौर में उतनी अनुकूल चमक पैदा नहीं हो पाई, इतने से ही काम चला लेंगे," उन्होंने सोचा। "इसका क्या करूं। सुख-भोग्य यानी मेरा वो प्राचीन सर्वकालिक सिद्धांत :

यावज्जीवेत सुखं जीवेत, ऋणं कृत्वा घृतं पिवेत।

भस्मीभूतस्य देहस्य पुनरागमनं कुतः।।

के अनुगामी।" संस्कृतमय हिंदी में उन्होंने कुछ डिप्लोमेटिक रास्ता निकाला।

"नो! नो! गुरुजी प्लीज एलोबरेट दिस।" शिष्य ने फिर जिज्ञासा प्रकट की।

"हाय कैसी विपदा आन पड़ी, प्रभु! यह आत्मा न होती तो इसे कब का सिर के बल समंदर में फेंक देता। कुछ लोग मरने के बाद भी अपनी आसुरी प्रवृत्ति के अंतर्गत दूसरों को कष्ट देना नहीं छोड़ते।" वे धीरे से बुदबुदाए। फिर संयत होकर बोले –

"सुन, टेकं लोनं, परचेज कारं ऐंड गो फ़ॉर लांग ड्राइवः, फ़ॉरगेट लोनं।" फिर अपनी ही इस मेधा पर गिरते-गिरते बचे। 'यू नो चमत्कारी टाइप के तो वे हैं ही,' उन्हें याद आया।

"बट गुरुजी, दिस हैपंड लांग बैक इन माई कंट्री, बट नो बडी गोइंग टू मोक्षा।" शिष्य जिज्ञासु हुआ-हुआ जा रहा था।

"अबे पगलेट," अब गुरुजी का धैर्य मर्यादा की सीमाओं से बाहर जाने लगा था। "जीवन में सुख ही तो सच्चा मोक्ष है। देख नहीं रहा कैसे हम मरने के बाद भी यहां-वहां डोल रहे हैं।"

"बट गुरुजी, आई कांट पे इंस्टालमेंट, दे सेंड मी हेयर ओनली।"

"हें, संप्रदाय में ऐसे कच्चे खिलाड़ी का प्रवेश!" गुरुजी चौंके, "इस फफूंद की जड़ें कितनी गहरी हैं। किसकी सिफ़ारिश से संप्रदाय में प्रवेश पा गया। कहीं बाक़ी शिष्यों को भी बरगला न दे। शिष्यों को इस धूर्त के चंगुल से दूर रखना ही भला। अन्यथा तो दुष्ट दुकान ही बैठा देगा।"

"ओके, ओके-वी विल डिस्कस इट आफ़्टर सम अदर अवसराः।" गुरुवर ने उससे पिंड छुड़ाने के लिए अपनी बची-खुची मिक्स अंग्रेज़ी उस पर दे मारी। जिसे उन्होंने इस आधुनिक काल की यात्रा के दौरान ज़गह-ज़गह से बटोरकर अपनी स्मृति कोश में भर लिया था।

फिर तिरछी निगाहों से शिष्यों की ओर घूरा। सभी कहीं और घूरने में जुटे थे। देखो तो दुष्टों को पलकें तक नहीं झपका रहे। कैसी माया है, कैसी लिप्सा है, शिष्यों का ऐसा निर्लज्ज आचरण देख वे लगे हाथों किसी दार्शनिक संप्रदाय की ओर मुड़ाने ही वाले थे कि एकाएक सारा ऋषित्व, मुनित्व, गुरुत्व याद हो आया।

"शिष्यों," उन्होंने फिर पुकारा। एक दो बार अनसुनी करके शिष्यों ने भी जवाब दिया, "कहो गुरुजी।" हालाँकि अपने नेत्र अन्वेषण के दौरान आई इस कर्कश आवाज़ पर उनकी इच्छा तो कहने की हो रही थी, "बको गुरुजी।" ख़ैर गुरुजी ने कहा-

"देखो सिद्धांतों को आगे भी जानो यानि ऋण लेकर किया क्या जाना है।"

"ऋण लेकर और क्या किया क्या जाना है?" समवेत स्वर में शिष्यों ने फिर विलाप किया।

"नरक में ही सड़ेंगे साले।" मन ही मन गुरुजी ने सोचा, फिर गुरुतर दायित्वों के अंतर्गत ज्ञान देने का उपक्रम शुरू कर दिया।

"देखो शिष्यों, ऋण लो, तत्काल ही उसे सुख-सुविधाओं में लगा दो। मकान लो, सुख-सुविधाओं का सामान जुटाओ, शादी करो फिर सुख से जिओ। ऋण को भूल जाओ।"

"और गुरुजी डिस्कोथेक, नाइट क्लब, आउटिंग-डेटिंग। इनके बारे में क्या?" शिष्यवृंद प्रतिवाद पर उतर आया।

"बस उतर आए न अपनी औकात पर!" मुनिवर का हृदय कांपा। ज़रूरत के अनुरूप ही ज्ञान देना होगा अन्यथा बिदकने का ख़तरा। मुनिवर ने मन ही मन गणित बिठाया। फिर अचानक चौंके, डिस्कोथेक, नाइट क्लब, डेटिंग। ये क्या बला है। हमारे ज़माने में तो ये पाया नहीं जाता था। फिर बोले –

"प्रिय शिष्यों, जिन भौतिक उपादानों का अभी तुमने ज़िक्र किया था, तनिक विस्तार से उनके बारे में बतलाओ।"

"गुरुजी ये आधुनिक युग के नए ऐश्वर्य-विलासिता के स्वर्ग हैं। मनुष्य यहां पूंजी उड़ाकर हमारे संप्रदाय के सर्वश्रेष्ठ कर्तव्य निर्वाहन में जुटा है। कैसिनो जैसे द्यूत गृह में तो तत्काल ऋण की सुविधा तक उपलब्ध है।" शिष्यों ने लगे हाथों अतिरिक्त अपडेट जानकारियां भी गुरुवर को सौंपनी शुरू कर दीं।

"मनुष्य ने भौतिकवाद के इतने आधुनिक सिद्धांत-साधन गढ़ लिए हैं। इतना आगे जा चुका है मानव।" गुरुवर ने सोचा। कहा – "पर इनमें हमारे संप्रदाय के नियम पद्धतियों का भी ध्यान रखा जाता है कि नहीं?"

"नहीं गुरुवर आधुनिक युग में सिद्धांतों-नियमों-क़ायदों को पालने से परे मानकर पुस्तकों में ही रखकर आदर दिया जा रहा है।"

घोर उच्छृंखलता...लगामहीन भौतिकवाद...बिना पावन नियमों के विलासिता भी कष्ट में बदल जाती है। गुरुवर ने मन ही मन सोचा... "हमारे

सिद्धांतों का इतना अव्यवस्थित विकास। ऐसी तो उन्होंने कल्पना तक नहीं की थी। ये मनुष्य कर्तव्य पथ से इतना च्युत, विलासिता का इतना अनुगामी... घोर कलियुग ही होगा।" उन्होंने त्रिकाल दृष्टि की मुद्रा में जाकर इस बाबत फ़ाइलें टटोलीं।

"ख़ैर, शिष्यों को संभालूं... मनुष्य की विलासवृत्ति के आगे पुराने युग के ये बिचारे विलासी तो नादान बालक सादृश्य दिख रहे हैं।" यह सोचते हुए उन्हें शिष्यवृंद पर दया-नेह एक साथ आ गया।

फिर नीचे देखकर एकाएक बोले - "वो देखो, वो देखो, वो दस गाड़ियों, 15 मंज़िला घर, 25 चमचों से युक्त कौन महानुभाव दिख रहे हैं?"

"वो एसआरके हैं गुरुवर," शिष्यों ने जानकारी उछाली।

"कौन एसआरके...?"

"गुरुवर आप शाहरुख़ खान को नहीं जानते?" शिष्यों में पुनः जेनरेशन गैप जैसी फ़ीलिंग उभरने लगी। उन्हें अपने आउटडेटेड गुरुवर पर कुछ खुटका-सा होने लगा।

"ये कौन बला है?" गुरुवर ने चिंतन-मनन की आड़ में सोचने का उपक्रम किया, बोले - "ये महानुभाव तो ऐश्वर्ययुक्त दिखते हैं। इन्होंने तो हमारे सिद्धांतों को किसी सिद्ध की भांति अपनाया हुआ जान पड़ता है?"

"अपनाया क्या गुरुवर? इनके पास तो इतना धन है कि ये उसका उपभोग तक नहीं कर पा रहे हैं।"

"हें, धन है उपभोग तक नहीं कर पा रहे हैं? सिद्धांत उलटा तो नहीं ही पड़ जाएगा।" गुरुवर चिंतित हुए। "ये कैसा ज़माना है जहां पैसा पास में है उपभोग के तरीक़े नहीं सूझ रहे हैं। हमारे ज़माने में धन तत्काल शादी-ब्याह, मदिरा-दावतें, पर्यटन आदि में झोंका जा सकता था और घी पीना तो सरप्लस था ही।"

"गुरुजी वो ज़माने गए।" शिष्यों ने जैसे उनके मन की बात भांप ली हो कहा - "ये तो जिस तरफ़ देखें नोटों के ढेर लग जाते हैं। बस ये उपभोग करने के समय का जुगाड़ नहीं बैठा पा रहे हैं।"

"हाय राम!" गुरुजी निढाल से हो कर दूसरी ओर झांकने लगे। "अब ये दूसरे महानुभाव कौन हैं जो आकाश चूमती अट्टालिका पर खड़े होकर शायद कुल्ला-मंजन कर रहे हैं। ये तो बड़े तेजोमय दिखाई दे रहे हैं। इतना

बड़ा घर, असंख्य गाड़ियों का काफ़िला। ये तो निश्चय ही हमारे संप्रदाय के गादीपति सदृश्य दिखाई दे रहे हैं।" गुरुजी कहते-कहते हांफने से लगे।

"नहीं गुरुवर, ये अंबानी ब्रदर्स में से बड़े भ्राता हैं। देश के सबसे अमीर आदमी। इनके तो एक-एक सेकंड की कमाई लाखों में है।"

"वाह, वाह! इतना कुछ है तब तो निश्चित ही विलास में समय देते होंगे।" गुरुजी ने फिर बचा-खुचा ज्ञान बांटना चाहा।

"नहीं गुरुवर, ये तो दिनरात कारोबार बढ़ाने में निमग्न रहते हैं। इन्हें विलास का समय ही कहां है?"

"अरे जै कौन लोग हैं? यहां क्या कर रहे हैं?" अब गुरुजी चौंकने के साथ-साथ कुछ दिग्भ्रमित से भी दिखाई दिए। भोग के ऐसे सर्वश्रेष्ठ सर्वकालिक सिद्धांत क्या असमय ही काल कवलित हो जाएंगे? मन ही मन उन्होंने फिर सोचा। "ओ... हो... हो लगता है ये सारा ऐश्वर्य अगली पीढ़ी के लिए संजोना चाहते हैं?" जैसे उन्हें फ़ॉर्मूला हाथ लगा। बोले - "सिद्धांत का इतना विकास हो चुका है शिष्यों कि व्यक्ति अगली पीढ़ी तक के लिए घी की व्यवस्था बिठा के जाना चाहता है। कैसा सुरुचिपूर्ण ज़माना है।" खुशी से लटपटाते हुए गुरुवर बोले।

"नहीं गुरुवर," शिष्यों ने फिर प्रतिवाद किया। "ये अगली तो क्या सात पुश्तों तक का इंतजाम कर चुके हैं, फिर भी लगे हैं।"

"हें," गुरुवर ने आश्चर्य से इतना मुंह खोला कि शिष्यों को उन्हें उनके पद का स्मरण कराना पड़ा।

"अब ये गोल-गोल सी गुम्बदनुमा कौन सी इमारत है, शिष्यों? मनुष्य यहां पागलों की भांति चीख़-चिल्ला क्यों रहा है?"

"ये शेयर मार्केट है गुरुवर," शिष्यों ने दलाल स्ट्रीट का भौगोलिक-ऐतिहासिक संदर्भ बताना शुरू कर दिया। "यहां मनुष्य एक पल में इतना प्राप्त कर लेता है कि उसे ऋण जैसी तुच्छ वस्तु की आवश्यकता ही नहीं पड़ती।" लेकिन शिष्यों को गुरुवर कहीं एकटक दृष्टि घोंपे हुए मिले। शिष्य कुछ कह पाते इससे पूर्व ही गुरुवर बोले - "वो दृश्य देखो-नीचे मरीन ड्राइव के पास वो लंबी-सी गाड़ी में बैठा मनुष्य खिड़की से सिर निकाले एक मैले-कुचैले से व्यक्ति से क्या याचना-सी कर रहा है। कुछ विचित्र-सा प्रतीत नहीं हो रहा है शिष्यों?"

"नहीं मुनिवर, ये तो रूटीन है। वह गाड़ी में बैठा व्यक्ति एक प्राइवेट बैंक का एक्ज़ीक्यूटिव है। जो ऋण अर्थात् लोन देने के लिए भिखारी से व्यक्ति के आगे गिड़गिड़ा रहा है। अभी तो हां करवाने के लिए ये उसके पीछे भागेगा भी।" शिष्यों ने आधुनिक युग की आर्थिकी गुरुवर को बयान की।

"क्या?" मुनिवर मूर्छित होते-होते बचे। "ऋण देने के लिए पीछा कर रहा है। गिड़गिड़ा रहा है। इधर हम ऋण लो, घी पीओ जैसी मासूम बात सदियों से दोहरा रहे हैं।" गुरुवर कुछ लज्जित-सी वाणी में बोले। फिर अचानक कहा - "तो फिर हम यहां क्या कर रहे हैं शिष्यों? निकल लो यहां से। किस ज़माने में अपने सिद्धांतों का अन्वेषण कर रहे हैं? किसी और पावन-सी स्थली की ओर गमन करते हैं।" फिर देखा तो शिष्य टस से मस हुए बिना एक बंगले की ओर झांकते से मिले। गुरुवर ने भी आंखों का रास्ता फ़ॉलो करते हुए निगाहें दौड़ाईं तो उस बंगले में एक कामिनी-काया और असंख्य लोगों की भीड़ नज़र आई जो उचक-उचक कर उसे देख रही थी। भृकुटियां ऊंची करके शिष्यों पर गरमाए -

"शिष्यों सावधान! मरने के बाद भी ऐसा अशोभनीय आचरण एक आत्मा को शोभा नहीं देता। भौतिकवाद का घोर उपभोग करो परन्तु माया में ऐसे आकंठ डूबना, छिः... छिः..."

"गुरुवर ये माया नहीं मल्लिका शेरावत हैं," कहकर शिष्यों ने उस कामिनी-माया की ओर आंखों के सैटेलाइट फिर घुमा दिए।

"हे ईश्वर!" गुरुवर ने भी ऐसे भौतिकवादी ज़माने से बचाने के लिए अपने दोनों हाथ आकाश की ओर उठा दिए।

34

विकास की मादक योजनाएं

फिर दूसरे देशों से गिड़गिड़ा कर मांगते हो
विशेषज्ञ और पैसा। तब कर पाते हो उधारी का विकास।
तब भी तुर्रा देखो ठसके से आंखें दिखाते हो,
देख लो, अपने देश के आसपास नज़र डाल लो दिख जाएगा
ऐसा आत्मघाती राष्ट्र। किश्तों में विकसित होते
ऐसे विकास में भी क्या मज़ा।
अपने प्रयासों से पिछड़े रहने का स्वाभिमान तो
कुछ और ही होता है।

विकास और सशक्तिकरण हर सरकार को मंगतई मंगता है। अप्रैल वग़ैरह आने के बाद विकास करने की तलब खाज की तरह जानलेवा हो जाती है। सरकार का हर अंग हर विषय को खुजा-खुजाकर प्रगति-उत्थान की योजनाओं अर्थात् विकास के लिए हरसंभव तरीक़े से तैयार करता है। योजनाएं हर सरकार को प्रेमिका की तरह प्रिय हैं। सर्वस्व लुटा दो उस पर। मेरा-तेरा क्या सब हमारा। फ़रवरी में बजट पास होने के बाद से ही सरकार हर तरह की योजनाएं बनाने की दिशा में उतारू हो जाती है। ख़र्चा होगा। योजनाएं बनेंगी। इतनी कल्पनाभर से पूरे तंत्र में मादक आवाज़ें आने लगती हैं। तंत्री-मंत्री सब हर्षाएंगे, राष्ट्र विकास को प्राप्त होगा। हमारे घर भरेंगे, अहा-अहा। देश को बसंत के आगमन के साथ ही योजनाओं से पाट दो। ऋतुओं के साथ ही झूमने का समय आ गया है बंधु। तंत्र से जुड़े घरों की नारियां गाएंगी - 'गलियों में बाग़न में बगरो बसंत है।' प्रकृति ने पीत वस्त्र

धारण कर लिए हैं। घरों में पांच-पांच सौ के हरे-हरे नोट आएंगे। मनभावन मौसम है झूमो, प्रिय झूमो। निजी योजनाओं को अमलीजामा पहना दो। घर पर दूसरा तल्ला चढ़वा दो। वहां नई कॉलोनी में चार प्लॉट फंसा लो। कुछ सोना भी ख़रीद के डाल दो। तंत्र में छाई उदासी दूर। मौसम का नशा। चाल में मदमस्ती। बस, बमचक शुरू। ये दिन बार-बार आए। ये मौसम बार-बार आए। एक बार आए तो जाए ही नहीं। जैसे हमारे दिन फिरे वैसे उनके भी फिरें। उन्हें भी लाभ..., नहीं...नहीं... लास्ट वाला कैंसिल केवल हमारे ही दिन फिरें, अहा... क्या बात है।

तो इस लिहाज से लगता है कि केवल मौसम और महीने का सम्मान रखने के लिए केंद्र में, राज्यों में योजनाएं बनेंगी। जमकर योजनाएं बनेंगी। हर दिशा में बनेंगी। हर एक के लिए बनेंगी। योजनाएं बनाने के लिए योजनाएं बनेंगी। अधूरी और पूरी हो चुकी योजनाओं के लिए भी योजनाएं बनेंगी। सरकार योजनाएं बनाने के किसी भी अवसर को हाथ से नहीं जाने देगी।

सरकार सबल है। सरकार समर्थ है। समर्थ का कर्तव्य दूसरों का उत्थान करना है। सरकार हर वक्त उत्थान पर उतारू रहती है। सशक्तिकरण के हर मौक़े की बाट जोहती है। इन अवसरों पर उसकी तत्परता देखते ही बनती है। हर तरह की योजनाएं बनाने में सरकार हमेशा तत्पर रहती है। विषय ख़तम हो जाएं योजनाएं ख़तम नहीं होंगी। विकास खुद हाथ जोड़ के खड़ा हो जाए सरकार नहीं रुकेगी। उसे लात मारते हुए हुए आगे बढ़ जाएगी। हर प्रकार की प्रगति की खाट खड़ी हो जाए, सरकार उसे बिछाकर दोबारा खड़ी करने के लिए एक और नई योजना ले आएगी। सरकार कोई मौक़ा नहीं छोड़ती है। सरकार थकती नहीं है। सरकार थमती नहीं है। सरकार रुकती नहीं है। सरकार चल-अचल है। सरकार अविचल है। सरकार अग्निपथ है।

सरकार कहीं से योजनाएं बनाने के लिए सीखकर नहीं आती है। यह विशेषता उसे जन्म के साथ ही मिल जाती है। उनके लोगों ने कमा लिया, हमारे कब कमाएंगे, तभी ना जब हम योजनाएं बनाएंगे। सो, योजनाएं बनती रहती हैं। जिस देश ने योजनाएं बनाने का कौशल नहीं सीखा उसने तो सीखा ही क्या है। उस पर तो लानत है। इसलिए तो बेटा रह जाते हो पिछड़े। फिर दूसरे देशों से गिड़गिड़ा कर मांगते हो विशेषज्ञ और पैसा। तब कर पाते हो उधारी का विकास। तब भी तुर्रा देखो ठसके से आंखें दिखाते हो, देख

लो, अपने देश के आसपास नज़र डाल लो दिख जाएगा ऐसा आत्मघाती राष्ट्र। किश्तों में विकसित होते ऐसे विकास में भी क्या मज़ा? अपने प्रयासों से पिछड़े रहने का स्वाभिमान तो कुछ और ही होता है। उधारी का विकास तो राष्ट्रीय शर्म की बात है। कहने का तात्पर्य ये कि स्वदेशी योजनाएं बनाओ, अपने हाथों से बनाओ, मौलिक हों ना हों, लेकिन लोकल ज़रूर होनी चाहिए।

तो सरकारनुमा चीज़ का हर पुर्जा हर पल योजनाएं बनाने में लिप्त रहता है। जो लिप्त नहीं होते हैं वे लिप्त रहने की योजनाएं बनाते हैं। योजनाओं में विषय और बजट की किसी भी तरह की कमी कोई भी सरकार कभी बर्दाश्त नहीं करती है। योजनाएं बनाने और उसे लागू करवाने में ही हर तरह का भला है, हर सरकार जानती है। इस प्रकार साबित रूप से हर सरकार इस मामले में जन्मजात दूरंदेशी होती है। योजनाएं बनाने में इसी दूरंदेशिता की बड़ी मात्रा की ज़रूरत होती है।

इस प्रयास में कुछ योजनाएं तो इतने आगे की बन जाती हैं कि उन्हें लागू ना ही किया जाए तो ज़्यादा फ़ायदा हो, लेकिन सरकार उन्हें लागू करवाती है। इस प्रकार साबित करती है कि वह लोक कल्याणकारी क़िस्म की कोई चीज़ है। सभी प्रकार की सरकारों को कल्याणकारी हरकतें बहुत भाती हैं। कल्याण की धुन में जिनके लिए बनी हैं अक्सर उन्हीं से पूछना भी भूल जाती है। लाभ-हानि, यश-अपयश आदि किसी तरह के पदार्थ को योजनाओं और हितग्राहियों के बीच नहीं आने देती है। यही सरकार की विशेषता है।

योजनाओं के लिए किसी ख़ास विषय की ज़रूरत नहीं पड़ती है। मनुष्य-ग़ैर मनुष्य, आग-पानी, बाढ़-सूखा, बिजली-बारिश कोई भी विषय हो दरवाज़ा खुला है। योजना प्रस्तुत है। सूखा पड़ने तक बाढ़ राहत की योजना में राशि का वितरण चलता रहता है। फिर अगली बाढ़ तक सूखे के लिए योजना चलती है। दोनों चीज़ें हों तो भी, ना हों तो भी योजना तो चलती ही रहती है। सरकार इसी आधार पर चलायमान रहती है। हर योजना के माध्यम से चारों तरफ़ विकास ही विकास, कल्याण ही कल्याण की आंधियां चला दी जाती हैं। चूंकि आंधियां चलाई जाती हैं अतः किसी को कुछ भी दिखाई नहीं देता है। भ्रम पैदा हो जाता है। लोग चारों तरफ़ हाथ-पांव मारते हैं। फिर धीरे से आंधी थमती है। गुबार बैठता है। लोग सहज होते हैं। एक-दूसरे से पूछते हैं। इसी बीच विकास की आंधी दूसरे गांव

की तरफ़ निकल लेती है। लोग राहत की सांस लेते हैं। विकास की योजनाएं छोटे क्षेत्रों में अक्सर ही ऐसे झंझावातों के रूप में आती हैं। अर्थात् छोटे क्षेत्रों में लोग मनुष्य प्रदत्त ऊपर से भेजी गई विकास योजनाओं को प्राकृतिक आपदा मानकर झेलने के लिए विवश हैं। हालाँकि ये योजनाएं सर्वाधिक लाभ अपने केंद्र अर्थात् जहां से शुरू होती हैं वहीं पहुंचाती हैं। लाभ सभी प्रकार की योजनाओं का अंतिम लक्ष्य है। किसका लाभ, इस तरह की फ़िज़ूल बातों के लिए किसी भी सरकार के पास समय नहीं है।

योजनाएं बनाने का सुख गूंगे से गुड़ का स्वाद पूछने के समान है। बनाओ तो जानो की तरह है। प्राचीन काल की तरह नहीं कि लंका जाने के लिए प्रभु का नाम लिया। पत्थर फेंका, और समुद्र पर पुल तैयार। यहां तो सभी चरणों के लिए अलग-अलग योजनाएं बनतीं। विशेषज्ञों को आमंत्रित किया जाता। ठेका उठता। तब कहीं जाकर पुल की मज़बूती परखी जाती। पूरी योजना की समीक्षा बैठक होती। तब कहीं जाकर तो उद्देश्य पर विचार किया जाता।

कई बार तो इतना कुछ होने के बाद योजना को निरुद्देश्य मानकर निरस्त करने का भी फ़ैशन सरकार में पाया जाता है। योजना, योजना होती है। योजनाओं के अभाव में सरकार किसी घायल योद्धा के समान तड़पती है। गर्म तवे पर राई सी छिटकती है। पिछले 70 सालों में सभी सरकारें देश में इतनी योजनाएं ला चुकी हैं। इतनी मात्रा में विकास कर चुकी हैं कि देश का कोई हिस्सा अछूता नहीं बचा है। ज़र्रा-ज़र्रा विकासमान है। इतनी योजनाओं के बावजूद देश अभी तक विकसित क्यों नहीं हो पाया है। ससुरा, स्वर्ग क्यों नहीं बन पाया है। इसी गुस्से में सरकार एक और कल्याणकारी योजना ले आती है।

सरकार विकास के लिए कटिबद्ध है। हालाँकि सरकार की कटि वग़ैरह कहां होती है। यह विचारणीय प्रश्न है। कुछ सयाने रीढ़ की हड्डी के नीचे इसकी स्थिति बताते हैं। किन्तु अन्य इस व्यवस्था में रीढ़ होने के प्रति ही आश्वस्त नहीं है। विकट स्थिति है। ख़ैर, योजनाओं के माध्यम से सरकार विकास का दरिया बहा देती है। कई क्षेत्रों में इसके कारण दलदल पैदा हो जाता है। दलालों को दलदल बड़ा पसंद आता है। कई बार दलदल में सूअर और खून चूसने वाले मच्छर भी पैदा हो जाते हैं। सूअर और मच्छर दलदल मिलते ही झूमते हैं। अठखेलियां करते हैं। छपाछप करते हैं। ये योजनाओं

के बायप्रॉडक्ट हैं। बिना प्रयास के उत्पन्न हो ही जाते हैं। सरकार योजनाएं बनाने में इतनी तल्लीन रहती है कि इनके बारे में विचार ही नहीं कर पाती है। ये इतने सजग होते हैं कि योजनाओं में अपनी उपस्थिति सहज बना देते हैं। सरकार बिज़ी है कि उसके पास इनसे निपटने का समय ही नहीं है, वह इनकी उपस्थिति को स्वीकार कर लेती है। लोग भी मान ही लेते हैं। ये परस्पर अनुबंध के तहत लोगों का खून चूसने लगते हैं।

विकास की राह में दलाली के कीटाणु फैलाते हैं। लोग बीमार होते हैं। विकसित हो-होकर स्वर्ग सिधारते रहते हैं। इतने बावजूद भी सरकार योजनाएं बनाने से पीछे नहीं हटती। योजनाएं लाती रहती है। लाती ही रहेगी। जब तक लाती रहेगी, जब तक प्रत्येक आदमी खुद को विकसित मानकर सरकार के हाथ न जोड़ ले कि हमें माफ़ करो भई, आगे बढ़ो।

35

विचारों की 'असेंबलिंग' से रिसाइकल-बिन में रिश्ते

आपको यूं नहीं लगता जैसे इस टेक-सेवी
युग में भावनाएं भी मशीनी होती जा रही हैं।
'कमांड' देकर 'स्विच ऑफ़' और 'स्विच ऑन' करने वाली।
संबंधों से गर्मजोशी ग़ायब हो रही है।
सुख है, सुविधा है, सुकून खो गया है।
भागमभाग करके 'टारगेट' पूरे किए जा रहे हैं,
जबकि रडार पर अपने बच्चे ही नहीं आ रहे हैं...

उस दिन मेरा कंप्यूटर मुझसे फ़ालतू में ही उलझ रहा था। "कमांड पे कमांड... कमांड पे कमांड गुरु! मेरे संग रह रहकर मशीनी हो चुके हो तुम...!"

"अबे! तेरी ये मज़ाल? स्क्रीन के अंदर ही बना रह। ज़्यादा फैलने की कोशिश मत कर...!"

"गुरु! मैं तो रह लूंगा तुम भी तो अपनी ज़िन्दगी की स्क्रीन के अंदर रहने की कोशिश करो...! मुझसे ज़्यादा ही दोस्ती के चक्कर में तुम्हारे रिश्तों की जीवंतता ना खो जाए कहीं...!"

"अबे...! काहे किलप रहा है? क्या हो गया तुझे?"

"मुझे क्या होना है। हुआ तो तुम लोगों को है। जिस तरह से आपकी ज़िन्दगी में शब्दों की 'कट-पेस्ट' और विचारों की 'असेंबलिंग' चल रही है

उसी वजह से इन दिनों आपके रिश्ते 'रिफ़्रेश' नहीं हो पा रहे हैं। आपको यूं नहीं लगता जैसे इस टेक-सेवी युग में भावनाएं भी मशीनी होती जा रही हैं। 'कमांड' देकर 'स्विच ऑफ़' और 'स्विच ऑन' करने वाली। संबंधों से गर्मजोशी ग़ायब हो रही है। सुख है, सुविधा है, सुकून खो गया है। भागमभाग करके 'टारगेट' पूरे किए जा रहे हैं, जबकि रडार पर अपने बच्चे ही नहीं आ रहे हैं, उनके साथ बिताने के लिए समय ही नहीं है। एसएमएस भी 'फ़ारवर्ड' किए जा रहे हैं क्योंकि रोमांटिक बातों के लिए भी वक्त नहीं है। मैसेज भी पहुंच ज़रूर रहा है लेकिन अहसास का 'लाइनलॉस' प्रभाव नहीं छोड़ पा रहा है। इसीलिए तो रिश्ते जल्दी ही बेजान हो रहे हैं तो रिसाइकल बिन में डालकर उन्हें अर्थी की तरह ढोया जाने लगता है। आदमी के दिमाग़ में 'राम नाम सत्य है' की 'रिंगटोन' तो बिना कहे बजती जा रही है।"

"तो करें क्या बे?"

"संबंधों को 'रिस्टार्ट' भी करना चाहें तो पहल करने की समस्या है।"

"ओल्ड वर्जन हो चुका है 'सॉरी' शब्द। जबकि ईगो के एक से बढ़कर एक वर्जन सामने आ रहे हैं। ऊपर से ग़लतफ़हमी के 'वायरस' से बचाने वाला मां-बाप या क़रीबी दोस्तों वाला 'एंटी वायरस' 'हम-तुम' वाली ज़िन्दगी के सॉफ़्टवेयर में अपलोड ही नहीं किया जा रहा है। नतीजे रिश्ते 'करप्ट' हो रहे हैं। अविश्वास का 'स्पैम' भारी पड़ रहा है।"

"जिन विषयों को प्राथमिकता के साथ डेस्कटॉप पर 'सेव' होना चाहिए वे 'डिलीट' किए जा रहे हैं। मशीनी ज़िन्दगी में तो दिए जा रहे कमांड का रिजल्ट इतना सटीक है कि बचकानापन करने की कोई गुंजाइश ही नहीं है। सोचिए बंधु! रिश्ते कोई गणित का समीकरण होते है क्या? संबंधों के तयशुदा फ़ॉर्मूले होते हैं क्या? जो सही किया तो सही जवाब ही मिलेगा। अरे रिश्तों में बचपना ना हुआ फलेंगे-फूलेंगे कैसे?"

"तो किसी दिन मौक़ा देखकर ज़िन्दगी के कंप्यूटर को 'रिबूट' कीजिए न! कुछ बचपने वाली फ़ाइलें डाउनलोड कीजिए न! अच्छे पलों को हर बार सेव कीजिए न! रोज़मर्रा में 'स्पेस' का बटन दबाते रहिए न! जीवन में मॉल कल्चर के साथ मां-बाप को भी 'एंटर' कीजिए न! कड़वाहटों को 'रिप्लेस' करके निश्चित तौर पर जानिए। आप 'कट-पेस्ट' वाली ज़िन्दगी से आप उस एवरग्रीन वाले मोड में आ जाएंगे जहां ख़ुशियों पर आपका पुख़्ता 'कंट्रोल' होगा। जो ज़ालिम ज़माने के कितने भी ज़ोर पर कहीं 'शिफ़्ट' नहीं होगा।"

तो मित्रों, एक बार दुनिया जहान की बातों को 'शटडाउन' करके मेरी इन बातों पर ग़ौर करके तो देखिए, आपके रिश्तों की 'बैटरी' हमेशा 'फुलचार्ज' दिखाएगी सच मानिए...!

36

उम्मीदें हैं तो आसमां है, आसमां है तो नेतागिरी भी चलेगा ना...

"अब काम के बदले ख़र्चा-पानी मांग लिया तो इतनी
मिर्चें लग गईं कि मुंह मोड़ लिया।
वोट तक न दिया, अहसानफ़रामोश...! और चलो हारे
तब तक तो ठीक था लेकिन ज़मानत तो न ज़ब्त होनी थी।
पता होता तो 15000 वोटन के लिए
75 लाख तो ना फूंकते। आड़े बख़त काम आ जाता रुपया।
50 लाख में तो चुंगी-नाके पे दारू का ठेका खुल जाता।"

उम्मीद पर आसमां टिका है, आज नहीं तो कल डिजरविंग मिलेगा। नेता इसी के आसरे हैं। चुनाव नहीं होते तो इस मुहावरे की मिट्टी कुट गई होती। कल सत्ता पे बैठे थे, शासन कर रहे थे। आज रोड पे धरे हैं। इस बात के भरोसे कि कल फिर मिलेगा। पूरी उम्मीद लगाए आसमां की तरफ़ देखते हुए। हारे नेताओं का जी कल्लाता है - "इत्ता काम किया, उत्ता-सा भी लिहाज नहीं किया जनता ने।" पता नहीं बकना तो क्या-क्या नहीं चाहते हैं लेकिन जनता का कौन भरोसा, बक-बका दें तो पांच साल का इंतज़ार बनवास में ना बदल जाए। सो, सीने पर पत्थर धर के बैठ जाते हैं। दिल में सौ सवाल हैं। "हैं...! भाईजी जै जनता भी ग़ज़ब बेवफ़ा हैगी, इत्ती सेवा करी, दिन-रात ना देखा, जे दिन दिखा दिया, क्या होगा आगे? हैं जी...!"

"धैर्य धरो भाई साब, भ्रष्टाचारी ले डूबे हैं सरकार को, दलालों का कमाल खा गया है पार्टी को... ख़ैर आप तो चिंता मती करो। उमर पड़ी है। जमकर मेहनत करो, अगली बार जम जाएगा मामला, उम्मीद पैई तो आसमान टिकौ है भाई साब...!" कोई डेढ़ होशियार क़ायदे से समझा जाता है। नेता की आंखों से इतनी लपाकेदार चिंगारियां निकलती हैं कि सामने वाला सीधा भसम हो जाए। लेकिन हैं... हैं... करके रह जाता है। धैर्य धर लेता है। उम्मीद पै आसमां टिका है कि कभी आएगा साला चक्कर में तब होशियारी निकाल देंगे।

विचारता भी है, "किसी का दिल तो दुःखाया नहीं ससुरा। फिर काहे हार गए...? दरवाज़े पर जो आया मज़ाल है, ख़ाली हाथ लौटाया हो। अब काम के बदले ख़र्चा-पानी मांग लिया तो इतनी मिर्चें लग गईं कि मुंह मोड़ लिया। वोट तक न दिया, अहसानफ़रामोश...! और चलो हारे तब तक तो ठीक था लेकिन ज़मानत तो न ज़ब्त होनी थी। पता होता तो 15,000 वोटन के लिए 75 लाख तो ना फूंकते। आड़े बख़त काम आ जाता रुपया। 50 लाख में तो चुंगी-नाके पे दारू का ठेका खुल जाता। वहीं बैठकर टाइमपास करते। ज़रूरत-बख़त दारू पिला-उला के सपोटर अलग बना लेते। पिछला अनुभव है दारू पिया दग़ा नहीं करता। अपना क़र्ज़ा ज़रूर उतारता है। फिर कैसे हारे...? टुन्ने सिंह का हाथ दिख रहा है पीछे। ससुरा पुराना सेबोटाजी है। पैसे पूरे ले गया। वोट कहीं और डलवा आया। आदमी तो ख़ैर परम हरामी होता है। जाति तक ने संग न दिया। 1000 फ़र्जी वोटर तो अपनी जाति के ही बनवा रखे हैं। दग़ा कर गए होंगे। फ़र्जियों का कौन भरोसा। किसी के सगे नहीं होते हैं साले। बताओ भला। कैसा ज़माना आ गया है। न आदमी का भरोसा, ना जात पर उम्मीदें लगाई जा सकती हैं। ऐसे में कोई भला आदमी राजनीति कर पाएगा।"

नेताजी घनघोर विचार रहे हैं। खुद को फुल तसल्ली दे रहे हैं। चलो हार-जीत तो लगी रहती है। राजनीति कोई साली सरकारी नौकरी थौड़ेई न है, गई है तो फिर आ जैहे। आप ही बताओ एक दुःखी आदमी यूं ही छुट्टा छूटे पड़े आसमां पर थोड़ी-सी उम्मीदें लगा लेता है तो किसी का क्या जाता है...!